刘江滨 著

且听穿林打叶声

花山文艺出版社
中国·石家庄

图书在版编目（CIP）数据

且听穿林打叶声 / 刘江滨著. -- 石家庄 : 花山文艺出版社, 2025. 1. -- ISBN 978-7-5511-7547-0
Ⅰ. I206.7-53
中国国家版本馆CIP数据核字第2024GH8423号

书　　名：且听穿林打叶声
QIE TING CHUAN LIN DA YE SHENG
著　　者：刘江滨
选题策划：郝建国
责任编辑：尹志秀
责任校对：李　伟
封面设计：陈　淼　祖晓晨
出版发行：花山文艺出版社（邮政编码：050061）
　　　　　（河北省石家庄市友谊北大街330号）
销售热线：0311-88643299/96/17
印　　刷：石家庄燕赵创新印刷有限公司
经　　销：新华书店
开　　本：880毫米×1230毫米 1/32
印　　张：8.5
字　　数：170千字
版　　次：2025年1月第1版
　　　　　2025年1月第1次印刷
书　　号：ISBN 978-7-5511-7547-0
定　　价：38.00元

（版权所有　翻印必究·印装有误　负责调换）

目录

第一辑　散点透视

人性悲剧的深层剥离 / 003

亦真亦幻的秋日私语 / 007

走出虚幻的迷雾 / 015

秋季的收割 / 025

人生圈套与叙事机智 / 033

独具个性的生命喧响 / 040

文字魅力最迷人 / 045

存在的质询与诘问 / 048

且听穿林打叶声 / 053

救赎或者放逐 / 066

在感性中捕捉生命的意蕴 / 070

网络小说的江湖规矩 / 077

给文字以温煦的照拂 / 085

校雠一本传记文学 / 091

一问知千秋 / 100

在后花园读古诗 / 106

《应物兄》求疵 / 111

作者爱上了传主 / 121

为一座百年大院立传 / 131

呈现生活的毛细血管 / 137

刻画日常中的生命图谱 / 143

激情燃烧的生命书写 / 152

散文的诗性呈现 / 157

第二辑　文心雕虫

营构"散文大品" / 165

散文走向略论 / 168

随笔文体谈辨 / 178

期待中的长篇小说 / 188

散文的精神 / 193

散文，别太像散文 / 198

散文如何写亲情 / 203

第三辑　隔案清谈
——与郝建国对话录

散文的源流与写作 / 209

作家的门槛 / 224

文学的权衡 / 238

批评的姿态 / 253

第一辑　散点透视

人性悲剧的深层剥离

——读中篇小说《孤猎》

马尔克斯的《百年孤独》浸润了当代作家的审美意识。一时,人们像突然发现孤独正是观照人物内在宇宙、表现自我思绪心态的最佳视角,便出现了开掘人类孤独意识的文化现象。张一弓以猎人般的膂力射出一支劲箭——中篇小说《孤猎》(《天津文学》1987年第9期)。这篇作品是那样深刻地剖析着一个猎人灵魂深处强烈的孤独感。作者把猎人与猛兽的搏斗和猎人内心缠绕着的灵魂的煎熬相互交融、参照,使作品充满着立体的动荡的令人颤悸的艺术力量。这是一曲人性的悲歌。

《孤猎》表现出与张一弓其他小说诸如《黑娃照相》《春妞和她的小嘎斯》《张铁匠的罗曼史》《犯人李铜钟的故事》等完全不同的品格,他显然没再受到对世俗社会问题新鲜揭示的诱惑,脱离了纷攘热闹的场面,将注目点移到了高山密林深处,移到了人类的意识层面。这完全属于"别一样世界",演绎着野性的冲动、灵与肉的搏击、生与死的较量。恶劣的生存状态与野兽的凶暴,将人的本质裸露得纤毫毕现。作品的情节构架虽属封闭式的,却洞照出无限的亘古意义的底蕴。那个五十五岁仍勇猛无比、有着过剩精力、情欲旺盛的猎人,那只瞎了一只眼的母豹,那群闪着绿莹莹目光的恶狼,这些具体的意象都有一种象征的意味,迷离而又清晰地宣泄着作者对人生的困惑与忧患。作品中的"打豹子的"猎人富有神话般的传奇色彩,一生中不使用任何器械徒手活捉过二三百只豹子,被山民们尊崇为英雄,他身上最完整地体现了一个"人"的智慧和力量。豹子的狡猾暴戾在他面前黯然失色,显得是那样无力,不堪一击。作者愈是渲染狼豹的残暴凶猛,愈是将猎人的勇武突出地树立起来。作者将人类与兽类作为小说氛围中的两大具象,并强化了二者尖锐对立的不可调和的生死矛盾。在这两大生命群体的搏斗中,猎人显然是人类中的佼佼者。然而这位人类智慧和力量的象征者,却时常受到孤独的困扰:"他忍受着心灵战栗的炙烤,但他也正在这炙烤中再造着自己,感觉着一种高尚的痛苦。他喜欢这痛苦的煎熬,也同样喜欢对这痛苦的征服,犹如他喜欢与猛兽激烈较量之后,体味着挺立在山野之上的胜利者的孤独。"这是猎人的也是作者的深刻的人生体验和感悟。

李白诗云:"古来圣贤皆寂寞。"在某种意义上说,猎人也是一个贤者。在封闭的山沟僻野,他受到了村民的尊敬和崇拜,人们给他吃八斤带着血丝的牛肉,传说着他神奇的狩猎,女人们歆羡他结实强健的身骨。他捉豹和杀狼都是发自内心的为民除害的壮举。说其是贤者，还因为他的思想意识是如此合乎"圣经贤传"、传统操守，这也是猎人产生孤独感的内驱力。一次偶然的机会，他从豹子口下救了一个叫菊花的年轻寡妇。于是雨夜里孤男寡女的肉体自然地融为一体，这是一次完美的圣洁的结合。然而，猎人一向坦荡磊落的心从此出现了失重。他被清白、名声、尊严等规范观念咬噬着，悔恨不已，被良心的自责与本性的需求纠缠着，灵魂得不到安宁，似乎连兽类都在嘲笑他的"虚伪"和"怯懦"。于是他虔诚地忏悔，拼命地寻找失落的完善的自我，企图以严厉的自我道德审判和"为人类献身的悲壮感"来使裂变的人格得到完整的恢复。黑格尔说过："生命的力量，尤其是心灵的威力，就在于它本身设立矛盾、忍受矛盾、解决矛盾。"生活正是把猎人抛入了多种矛盾的缠绕中，孤寂与信念、情欲与尊严、心灵的超越意识与凡俗夫子的生活欲念、人类与兽类竞争生存空间的搏斗，以及人类自身的强悍与懦弱等。他焦灼地急欲摆脱反而更深地陷入矛盾之中。菊花的小产、爱情的失败（菊花跟一个"打兔子的"走了），山民们由于受到野兽的袭击，害怕之下迁怒于猎人，使他心灵的紊乱、孤独达到顶峰，胜利者终于心力交瘁，疲惫不堪，死于群狼的攻击之下，完成了他人生"孤猎"的壮丽历程。可以说猎人的肉体被狼吞食了，而他的灵魂是被孤独销蚀掉了。他的孤独，一方面来自自我意识中顽强地沉淀着传统文化的基因，将人生追求与自然需要截然对立，深刻地烙上了"存天理、灭人欲"的印痕；另一方面，山民们在民族文化心理定势的规范下，潜意识地把灾难的出现归咎于猎人对神威的冒犯。豹是山神爷的坐骑、狼是衙役之说，立时使猎人从空中跌到地上，并且由一个英雄变成囚犯，被塑成假人捆绑到树上，同羊一起成为祭品。猎人残酷地目睹了这一仪式，他感到另一个自己已经失去了，只剩下一具无灵魂的躯壳。这躯壳不被兽吃掉还能有更好的方式吗？"能够征服兽类、征服自己的天然欲念和隐秘悲伤的猎人，终于被他为之献身的同类征服了。"这是多么沉重、深沉的人性悲剧！

《孤猎》相比于作者其他急功近利的小说，写出了人性的深度。显然，具有象征意味的野兽只是一种媒介，人与兽动人心魄的激烈搏斗的精彩故事成为一种载体，展示了人物形而上和形而下双重欲念的碰击以及非意识层次丰富的情感内容，深层地剥离了人性的悲剧形态。在腾挪热闹的故事氛围中，作者宣泄出他的惶惑和悲怆，留给人类永恒的质问：人性难道还不如兽性吗？兽类尚知群体的力量，而人类却在凶暴面前退缩、隐忍，而去惩罚自己的同类。悬崖上那条断臂上攥着一把染血匕首的拳头，将给读者带来无限的遐想和思考。

(《文论报》1988 年 4 月 5 日)

亦真亦幻的秋日私语

——伍立杨《清凉赋》赏评

伍立杨是近年来在中国文坛上频频亮相的青年诗人,他驾起美学谈艺和文学创作(主诗歌,含散文)的双驾马车,碾过一条独辟的蹊径,引世人刮目。前者被东南亚华文报刊誉为"别致的高格调美文",后者为诗坛称作"一树孤独而美丽的素馨花"。飘逸、婉约、空灵、柔美浸润了他的艺术灵魂,他的诗集《清凉赋》(国际文化出版公司,1990年版)便是充盈着这种审美意趣的"一曲孤独的秋歌",是诉说于宇宙的亦真亦幻的秋日私语。

《清凉赋》共收诗九十二首,分作四辑,第一辑"旧时月色",第二辑"悟尽情禅",第三辑"心绪低回",第四辑"山水情韵"。穿行在伍立杨构筑的诗的世界,氤氲的烟岚,邈远的物事,逝去的缅想,斑斓的意象,神圣的天籁,禅定的永恒,等等,都随着诗人那孤独的身影踽踽远行。伍立杨的诗中丝丝缕缕弥散出一股书卷之气,"故纸的馨香/已进入灵魂",显示出他良好的古典文学修养。晚唐诗的凄迷幽绝与宋代婉约派词人的感伤怅惘沉浸于心间,但伍立杨更多地从中啜饮了纤细柔美的艺术汁液,这使他的诗从整体意绪上讲,美而不艳,怨而不伤,纵然满是愁绪,却也总是轻盈。"走吧,迈开步子没有犹疑/走向静穆与辉煌/一切宛如神圣的天籁/金属的撞击飘逸又嘹亮。"(《磬乐声声》)这诗分明如作金石声的悦耳,岂不又透出恬淡与和谐吗?悲秋喜春成为一个与世共存的母题为历代诗人咏叹,正如陆机《文赋》中所言:"遵四时以叹逝,瞻万物而思纷。悲落叶于劲秋,喜柔条于芳春。"然达到"精骛八极,心游万仞""观古今于须臾,抚四海于一瞬"境界者能有几何?文学的最高境界,恐怕就是对世界、对人生底蕴的整体性开发,对世相物事切入本质的探掘,对人类宇宙的终极关怀。不管是"我在故我思"抑或是"我思故我在"哪种感知世界的方式,都应是"有意味的形式"(贝尔语)。现代诗歌尽管已发展到了"朦胧后"阶段,一些诗人扬言要消解意义,甚至要对价值、传统、语言、文化作整体性的颠覆,把诗的本文摆在了崇高无比纯而又纯的位置,但其自身的选择实际上就包含着一种深切的价值判断。这是一种悖论。伍立杨逃离至这种"悖论"之外,冷眼谛视着喧闹的世界,在古典意味与现代理性之间做着审慎的衡度,结果,他聪明地将现代之盐掺入古典的水中,达到了二者的交融无间。或许可以把伍立杨的诗称为"后古典主义",但无论如何,伍立杨成为伍立杨了,他是诗坛的一个"这个"。伍立杨的《清凉赋》

选择秋天作为歌咏对象，这与他的婉约、感伤、怀愁的诗人气质有一种深层对应。这里没有冬日的冷酷、夏日的热烈、春日的亢奋，有的只是秋日的清凉、恬静与淡淡的愁绪。而且与孤独寂寞意绪的宣泄相谐和，诗人流连徜徉于远山和深林，从表层看来，颇有些陶潜的隐士风度，但实质上并无"结庐在人境，而无车马喧""采菊东篱下，悠然见南山"的闲情逸致。诗人从原始情态的山林古刹中感悟的是哲学、历史与生命的三维立体思察，这使其诗作从一种貌似羸细、柔媚的情态中剥离，袒露出深沉、辽远的博大境界。

一、在浓重历史意识朗照下涌动哲学与生命的情思。柯勒律治曾表述过这样一层意思，即一个真正的诗人同时又应是一个深沉的哲学家(《文学传记》)。但哲学于诗不是理性地表述，也不应只是抛出几句哲理性的箴言警语，而应通过感性形象和意境的创造蕴含其中。《清凉赋》的意象群里，出现频率最高的是"古"（如古潭、古井、古刹、古钟、古泉、古筝等）与"籁"（如风声、雨声、歌声、梵音、法音、泉声、箫声等），还有"禅"与"僧"。诗人用这些意象的深层内核筑建了历史、哲学与生命的三维立体空间，同时也传达了诗人对人世的顿悟以及对超越时空的永恒性目标的终极探寻。从哲学意义上讲，伍立杨深受庄禅的濡染，返归自然，歌咏自然，在原始情态的远山深林中寻求孤独的解脱和心灵的慰藉，"大象无形，大音希声"，"我心即佛"，佛在自然（准泛神论），不执着于有,也不执着于无,清静平和,恬淡怡然。但诗人并非痴迷于虚无的静寂,以此达到生命的永久超脱,或对攘攘尘世作无情的诀别,"遁入空门"。诗人显然在自然怀抱中更追慕生命的喧响与辉煌。"静时并非死寂/而是心绪与大自然融合为/那样一种深沉的梦幻"(《静时》),也即伍立杨将本体生命的灵动投射到大自然的物象中,本然生命与自然生命相互侵袭渗透。自然是心灵的物化,心灵是自然的主观投影。按照马克思美是"人的本质力量的对象化"的界说,伍立杨显然向富有原始情态的自然万物投注了人的"本质力量",因而他笔下的世态物象经过心灵底片的浸泡之后,"显影"的是独具辩证意味的审美意象。寂静之中万籁齐鸣,天籁四溢又空旷静谧;坐禅入定,形如磐石,心如枯木,本体生命之树又常常枝叶青青,时间有限孕育着无限,永恒又包藏在瞬间,"偶然的显影"实际上是因了必然的积蓄,诗人孤独寂寞的心绪恰在喧闹与骚动中宣泄。诗人这样倾听雪声,"品味着雪声/你渐渐参破孤独/让早先冻僵的思绪抽出芽来/嫩黄的苞蕾一点点绽开/一点点寻求各自的声音"。诗人在瑟瑟的雪声中让无边的幻象翩然飞进,然后感悟:"雪声啊雪声积淀起沉默的心境/当你怅然跌入生命的深渊/像高僧在庙宇中禅定/倾听雪声品味出一片斑斓/蓦然发现那正是/千年不易的爱情。"(《雪声》)僧人应该是弃情绝欲的(伍立杨在他的美学谈艺中曾对僧人诗作作如是考察),但作为一种本然生命,戒律清规桎梏不了内心的骚动,生命现象遂显得更为勃旺,"原本,最深的情感/遗落在这冷寒深山的荒凉草堆/在四大皆空的实践者/——在他的心扉"(《徘徊古庙》)。僧人敲击的磬声也如生命之音,在本色空寂之中,作超越时空的飞扬:"流水回溯泉眼/斑斓退回原色/灵魂在躯体之上/生命在冥冥中飞翔。"(《磬乐声声》)然而,禅悟的生命意识愈强,内心的寂寞感也愈发深郁。诗人是在禅意之中"体味真的孤独"(《法音》)。"注视是寂寞/冥想更是寂寞/静沉中万物都不说话/就连悟解也仿佛融入了最酽的茶"(《壁上的衲衣》)。在现当代作家作品中,环绕禅悟灵光的尚不多见,比较著名的是许地山,他早年的作品充满了浓郁的佛教气息。伍立杨迷恋禅悟,与许地山不同,他丝毫没有沉浸在生死轮回、因果报应的晕眩之中,而是以现代人的洒脱,渴慕其中的人生智慧,用以传达飘逸、旷达的人生态度和哲学与生命的情思,从而使他的诗蕴藉深远、意境苍茫,让人得到独特的审美享受。从这一意义上讲,伍立杨在诗坛独树一帜。

二、清切而又迷离的意象世界。韦勒克曾把意象分成三种类型:潜沉意象、基本意象和扩张意象。潜沉意象是古典诗歌的意象,是诉诸感官的具体意象;基本意象是玄学派诗歌的意象,是抽象的隐喻的表达工具;扩张意象指诗的喻体具有强烈的审美张力,给人的想象以广阔的余地(《文学理论》)。伍立杨在诗中所营造的意象是"感性与理性的情结"(庞德语),

既可具体感知，又抽绎出形而上的云翳，令人遐想，是潜沉意象和扩张意象的复合交融。如"宏越之声/从纯男性的嗓中涌出/倚渡浑厚之船/飘向远古飘向静穆/在生命的特别状态中/作光辉邈远的洗浴"（《听梵音》），写出了梵音的宏越、浑厚、邈远，但没径捷说出，而是采用意象组合方式，通过通感（声与涌、飘等的视听转换）、隐喻的手段，又濡染了心灵的感受，使得梵音既形象可感，又含蕴深厚。又如"声稀味淡！/寂寞秋光里情绪也褪色了/倘如在夜色里去踏白霜/踌躇的步子引得/胸臆里也栖满寒蝉"（《子夜歌》），表达了诗人的一腔愁绪，秋光、白霜、寒蝉在诗人意绪的烛照之下，披上了一层幻化的霓羽。秋光是寂寞的，情绪也可以褪色，寒蝉居然在胸臆中栖满，看似无理，道是有情，毋宁说，寒蝉已成为寂寞、忧伤的象征语码了。伍立杨营造的这种意象世界无疑给他的诗带来了特有的美质："空灵、柔婉，如慕如怨。"（《月夜闻笛》）"每一个云翳升起的日子/在冷酷与深情之间荡漾/那一曲孤独的秋歌/溅起了音符的荒凉/微风又来耳语/仿佛有往日的馨香/水波荡悠落叶/感喟你如何有许多的柔肠/天地如此寥廓，恍惚间/能听到水深处浮起神秘的喧响。"（《又到湖边》）多么洒脱，又多么冲淡！伍立杨把抒情与写意紧密糅合在一起，意象是缥缈的、寥廓的，抒情也是平和的、淡约的，诗美在此凸现。正如鲁迅所言，诗人在感情浓烈时不宜作诗，否则易将诗美杀掉。伍立杨的诗便体现了这样一种审美原则。

"萤火乱飞/在墙上写一些隐晦的故事/积霜的瓦上/镀上银色的梦幻/回忆是渺茫的歌声/在雨中开素色的花。"(《月色怀人》)这真是一幅如梦似幻的秋夜图了。诗人用三个意象的复合交错、跳跃腾挪，组接了如此奇妙的风景。萤火虫在夜色中扑朔迷离，写的是"隐讳"的故事，月光照在秋霜的瓦上，迷蒙闪烁如"梦幻"，回忆如歌声"渺茫"，若有似无，在淅淅小雨中开的花还是"素色的"！内在的意蕴一以贯之，亦真亦幻，清切而又迷离，恍兮惚兮，在一种不确定中，审美张力才成为可能。《清凉赋》正具有这般诱人的魅力。

三、时间艺术与音乐、绘画的美质杂糅纷呈。文学是时间的艺术，诗更是对时间的高度凝括。黑格尔指出诗人"心情的状态和整个掌握方式都要表现于诗的韵律，抒情诗比起史诗还更要依靠时间作为传达的外在媒介"(《美学》)。这种时间观念强化了生命意向的律动和历史向度的扩张。伍立杨在诗中对时间意识有着清醒的追求，"秋天"就是一种自然时序，但凸显于诗中的时间更多的不是物理逻辑上的时间，而是心理调度下的时间，像"流水回溯泉眼/斑斓退回原色"就是一种时光倒转。在这种违逆现实可能性的时间里，诗人极恰切生动地表达了对古拙的原生情态的慕求。又如，"一声嘀嗒是一千年的浓缩/这一声里有世事沧桑时序更替/多少高僧为这一声倾倒/将灵魂付与/在生命深处自己也就成了/那一瞬间明净的辉煌"(《林中水滴》)，显然表达了诗人化有限为无限，由瞬间走向永恒的企图。伍立杨纳入音乐的美质,不仅体现在他的诗中回旋着大自然的天籁,以及神秘美妙的琴声、箫声、古筝声和歌声,甚至僧人的磬声余音袅袅,在寥廓苍茫的天地间似有若无,给人无穷的缅想和遐思,而且还体现在诗的内在节奏和旋律上。伍立杨的诗基本上押韵,既不像格律体那样整齐划一、严格讲究,也不像一些现代诗完全不讲韵脚,他的诗常常不拘一格,或隔行押韵或连押,或者一首诗中出现几个不同的韵脚,这些都给他的诗带来参差错落、悠扬和谐的音乐美感。伍立杨的诗还明显借鉴吸取了绘画艺术尤其是宋元山水画的审美特质,追求诗中画面的神骨和气韵、古雅和苍崛,这无疑又给他的诗增添了一份空灵、一份精美。

近代大学者王国维说过:"诗人对宇宙人生,须入乎其内,又须出乎其外。入乎其内,故能写之。出乎其外,故能观之。入乎其内,故有生气。出乎其外,故有高致。"又言"有境界则自成高格"(《人间词话》),此话信然。因此称伍立杨的《清凉赋》是一本具有独特审美意义的"高格"诗集,盖非过誉。

(《名作欣赏》1991年第4期)

走出虚幻的迷雾

——苏童近作艺术转换窥视

迄今为止，年轻的苏童不太长的创作生涯已历经了二度艺术转换。1987年，24岁的苏童以《一九三四年的逃亡》在文坛声名大振，与余华、格非、孙甘露、叶兆言等并肩，被评论界称为"后现代"先锋小说作家。这时候的苏童，主要以迷离恍惚的记忆、斑斓神秘的意象、怪诞虚幻的故事，营构了他独具魅力的弥漫着氤氲迷雾的"枫杨树系列"，如《飞跃我的枫杨树故乡》和稍后的《罂粟之家》（1988年）等。小说的叙事方式多数以"我"担当叙事者，但"我"更多的不是作品中的某个人物，而是纯粹为支撑多套层的叙事而徘徊于文本中的一个精灵，"我"将不同时态的故事融于一种共时性语态中，在一种恍惚和非确定状态中使小说得以结构。苏童走出枫杨树的企图在这时候的《你好，养蜂人》（1988年）中潜伏，"我"穿梭往来于田野与都市之间，对虚幻的养蜂人的寻找如同"等待戈多"一样执着。苏童小说的第一次艺术转换终于发生在1989年，在《平静如水》中得以实现。之后，《已婚男人杨泊》《舒农或者南方的生活》等或许可以称为"城市系列"的小说相继出现。如果说,"枫杨树系列"深层暗含着对"人类存在的历史维度"(米兰·昆德拉语)的审视和对人类精神家园的寻觅,那么,"城市系列"则是对现代人"生存世界的惶惑"(笔者在评《平静如水》一文中作如是观)的一种意绪观照。不难发现,苏童的这次转换,实际上是观照视点的一次位移,那种神秘虚幻的迷雾依然氤氲缭绕。"我"仍为叙事人,不过逼近了角色意义。这时候的苏童小说由于审美张力的过分扩张,常常导致读者抑或评论家解读困难甚至"误解"。1989年底,苏童以中篇力作《妻妾成群》给当年沉寂的文坛画上了一个漂亮的句号,而实际上却开启了他的小说创作的第二次转换:不仅拓辟了苏童小说又一领域——"妇女生活系列",而且以往小说中那种扑朔迷离的虚幻之雾开始袅袅飘散。叙述文本向读者露出了轻纱遮面般迷人的微笑。我认为,迄今为止,苏童最见审美功力的小说当属《妻妾成群》无疑了。1990年末,苏童相继推出了"妇女生活系列"新作《妇女生活》(《花城》1990年第6期)和《红粉》(《小说家》1991年第1期),他的小说艺术转换愈发趋于昭然,他不再迷恋于心灵的虚像翩翩飞舞,在一种客观而冷静的叙述语调中,呈现出写实的气度,人物形象得以强化,故事情节趋于完整,小说可读性大大增加,"我"在文本中悄然退场。

"后现代主义"小说的话语特征就是重文本的语言操作,

主题消解（能指与所指断裂），人物形象的符号化与故事表层的不可复述，构成无意义的指涉系统。但在文本的实际操作中，很难完全纯粹化，潜在的意向成为一种可能。实际上，苏童小说即使在完成第二次转换以前，也并非完全是痴人说梦或无意义的文本游戏，深层的意蕴或鲜活的人物都不时在作品中浮现，只不过更切近象征或幻化的语码了。到了《妻妾成群》，尤其在《妇女生活》与《红粉》中，人物形象逐渐从一种虚幻缥缈的状态变得清晰而逼真，尽管仍然笼罩着心灵投射的烛光。情节链条互相搅动着形成了故事中人物性格的运动过程，而且构成了自足性的叙事圈套，故事的演进不再是将具象的碎片重新拼接，将存在主义的荒诞无序寓于对应的结构形式中。苏童惯用的时空错位，"记得"或"多少年以后"母语模式的穿插，尽管不失为一种叙述手段间或继续沿用，但基本上是置于总体的物理线性时序框架之内，因而既显得清晰易辨，又耐人回味。年轻的苏童总喜欢描写年代久远的"历史"生活，这已成为苏童创作的一大特点，这"历史"生活在他的人生经验以外，所以他善用"回忆"的烛光照亮虚构之隅。《妇女生活》《红粉》亦复如此。但值得注意的是，这两部小说里边一般因"回忆"的飘忽和非确定性而漫起的虚幻的迷雾几近消散，留下的只是淡淡的几缕流云。

《妇女生活》《红粉》的创作时间大体处于同一时期，一是1990年6月，一是约1990年9月。如此相近的时间似乎可以证实两部作品在一种"状态"下可能会产生的趋同和衍展。事实确乎如此,两部小说均以女性视角描写妇女生活,淡淡的回忆色彩萦绕其间,零度情感的写作语势堵住了主观因素的渗透,一切都在冷静客观的叙述中呈现。但二者的叙述套路、操作手段、人物刻画还是呈现出一种异质,也就是说,苏童小说的艺术转换是在发展衍变过程中得以完成的。《妇女生活》写了三代三个女人的故事,娴的故事,芝的故事,箫的故事,时间跨度从20世纪30年代着笔到1982年截止。苏童采取了截取时间横断面的手法,让某一时间凝固定格,或缓度拉长,让人生某一独具意义的风景瞬间曝光显影,达到平面刻度的强化和人生坐标的立体繁复。需要指出的是,这种手段不是在虚幻的而是在写实的状态中实施的。在娴、芝、箫三个故事个体中,都反复出现人生命运具有特别意义的两个时间,娴——1938年、1939年,芝——1958年、1959年,箫——1972年、1982年。结构主义大师罗朗·巴尔特说:"小说是一个死神,它把生活变成命运,把记忆变成有用的活动,把时间的延续变成一个被指向的具有意指作用的时间。"(《写作的零度》)看来,结构主义者也并非忽视时间的"意指作用"。娴、芝、箫虽然处在不同的时代,有着不同的生存方式,但当"生活变成命运"时,她们的悲剧命运却有着惊人的相似,正如芝所说:"我母亲把我生下来,就是让我承担她的悲剧命运。"冷漠、乖戾、自私的品格在这三代女人的血液里沉淀(尽管箫是养女)。她们追求情爱,而且也曾获得男人之爱,但这种爱在偶然(或许是性格的必然)的撞击下随风飘散。这种拨转命运之船的契机便暗含在这几个凝固化的时间风景中,苏童将其置于放大镜下凸露显现。1938年是娴一生中极为重要的年代,实际上这一年注定了她一生的悲剧命运。苏童在小说中采取了人物叙事的心理视角,"娴的故事"便成了娴潜在的回忆,所以,1938年在她的记忆中刻骨铭心,使得"1938年"在文本中反复出现,不断强化。但由于是人物的"记忆",便含有一种不确定感,使得1938年的自然时序出现心理上的置换和倒错,这又反过来强调了人物对注定悲剧命运的这一年的深刻记忆。1938年,娴与电影公司的孟老板初识,这时"可以看见穿着臃肿的行人和漫空飞舞的梧桐树叶",时间显然在秋末冬初。接着,"1938年冬天,娴与孟老板的关系飞速发展",娴成了孟老板公司的合同演员兼孟的情妇。从初识到发展,时间推进符合物理时序。但下边却时序颠倒,"1938年春天",娴与女明星们去苏州有一次极为风光的春游,而且"给娴留下难以磨灭的印象"。"1938年10月",娴生下了芝。1938年在文本中何以出现时序错乱?不难看出,作者如此叙述安排大有深意,是"有意味的形式"。文中写道,"娴在年老色衰以后""甚至无法回忆1938年命运沉浮的具体过程。她已习惯于把悲剧的起因归结于那次意外的怀孕。……酿成了一生的悲剧"。(着重号系笔者所加)能指与所指在这里和谐无比。芝、箫故事中的时间亦可作如是观。不同的是，随着时间的推移，与现时距离的拉近和角色的年轻化，时间转换逐渐变得清晰，物理时序成为主要的。值得注意的是，愈是记忆中遥远的物事，苏童写起来愈是得心应手，给读者的印象愈是深刻，反之稍逊。比如，在娴、芝、箫三个故事个体中，写得最为出色的应该是"娴的故事"。进而言之，对苏童小说创作亦似乎可作如是观，他的直接描叙现代都市生活的作品就稍逊于他写"历史"、写"记忆"的小说。这表明，年轻的苏童具有卓越的转劣势为优势的能力，同样这种能力为苏童成功地完成艺术转换提供了最大的可能性。

应当说，《妇女生活》的叙事技巧是严格讲究的，尤其是叙述视角，体现了苏童的刻意追求。托多罗夫指出："通过把故事投射到一个人物的意识中来介绍故事的手法……变成了20世纪必须遵循的规则。"（《叙事作为话语》）巴尔特亦认为，叙事方式"最新的看法"是"规定叙事者必须将叙述限制在人物所能观察到的或了解的范围之内"（《叙事作品结构分析导论》）。这种所谓的最新的叙事"规则"便是对巴尔扎克式的权威叙事或全知叙事的一种反动，使叙事者与人物关系变得融洽，流溢着叙事上的"民主"气氛，从而收到可信求真的艺术效果。《妇女生活》正体现着这种"最新"的叙事"规则"。在这部小说中，叙事者不再由"我"担当，采用的是第三人称叙事，这与客观冷静的笔调相对应，但叙事视角依然是人物的。作者把故事叙述基本上限制在某一人物的视野感知范围之内,而且很少介入人物的意识领域,这种叙事游离于叙事者＝人物和叙事者＜人物之间。娴、芝、箫在三个故事中都分别成为视角人物,帮助作者完成了故事的叙述。我充分注意到,苏童在描写视角以外的人物时,极少直接落笔,而是让视角人物"看见"或"听见",因此,"看见""听见"语式在作品中比比皆是。这些在"娴的故事"中表现得尤为规范。"箫的故事"基本上也让箫为视角人物,但较之前者又有所变化,比如,"小杜住在单位的单身宿舍里,他重新回到了单身汉的快乐时光中,日子过得轻盈而充实"。小杜是箫的丈夫,在箫的视野之外直接写了小杜,但小杜这时实际上又成了视角人物,这其实是一种视角转换。

在读《妻妾成群》时,我发现了一个隐秘,苏童在四太太颂莲初来陈府时人物的对话采用的是直接引语,显得真切,但在人物融入这个腐朽的大家庭之后,直接引语突然变成了间接引语,甚至是自由间接引语。我发现,自由间接引语,使人物对话与叙述文本融为一体,使语势显得十分流畅,更主要的是,让人感受到行文之间弥散着一种恍惚梦幻般的气息,这与女主角颂莲那种人生飘忽如梦昨是今非的心境是相当吻合的。自由间接引语在《妇女生活》和《红粉》中成为主要叙述语态。这种叙事技巧是"以第三人称从人物的视角叙述人物的语言、感受、思想的话语模式,它呈现的是客观叙述的形式,表现为叙述者的描述，但在读者心中唤起的是人物的声音、动作和心境"（胡亚敏《论自由间接引语》）。由于苏童面对的是"历史"生活，对今天的读者来说，显得遥远和隔膜，加之苏童又给人物视角罩上了一层"回忆"的光晕，增加了非确定因素，因而采用自由间接引语便显得相当自然，而且与《妻妾成群》一样对于表现人物的心态、性格及命运都有一种深层的对应。

《红粉》在苏童小说中的艺术转换几乎是显而易见的，它比《妇女生活》更向前跨越了一步，它比苏童以往的小说更像小说，成为一个"纯小说"的标本。小说里边没有"我"的游弋穿插，更无主观情感的渗透或哲理议论的染指，只有叙述，不动声色的叙述，小说的叙事功能得以凸显和强化。但并非说苏童的小说又回到了主题消解或纯文本游戏的"后现代"话语上去，恰恰相反，虚幻的迷雾在这部小说中了无踪影，冷静客观零度情感的叙事态度与物理线性时间的自然推进以及对时间刻度的强化，都比《妇女生活》呈现出更强的写实风格。尤其令人瞩目的是，《红粉》故事情节曲折有致，发展脉络相当清晰，人物形象鲜明生动，基本上以具体可感的形象取代了虚幻神秘的意象。小说的叙事方式与《妇女生活》也不尽相同，仍以第三人称的人物视角叙事，但没有严格将叙述限制在某一人物的视角和范围之内，而采用托多罗夫说的"更替"的方法，分别叙述，有点儿全知叙事的意味，但又非常客观，对人物的意识、心理一般不予介入。无论如何，苏童在小说中极有分寸感地刻画了栩栩如生的人物形象，这是过去阅读苏童小说时难以体会到的。并不是说，苏童在以往的小说中没有刻画过人物，而是如前所述，由于作者制造了虚幻的迷雾，使人物如影影绰绰飘舞的精灵，更切近象征的语码，很难成为现实意义的人物形象。而《红粉》里的秋仪、小萼和老浦三个形象无不真切与生动。

秋仪、小萼是两个妓女形象，与《妻妾成群》中的颂莲、《妇女生活》中的影星娴相比，属于下层妇女。但实际上，小妾、情妇与娼妓本质上毫无二致，都是以色相作为赚得男人进而赚得人生的手段，她们自身"被否认了做人的权利""一股脑儿地承担了一切形式的女性苦境"（西蒙·波伏娃《第二性》），于是都陷入了"红颜薄命"的悲剧文化渊薮之中。如果说，米兰·昆德拉的小说《生命中不能承受之轻》是在"世界变成的陷阱中对人类生活的勘探"，那么，这"陷阱"更多的不是先验的存在，而是人为的掘就。秋仪和小萼就是陷进了自己挖掘的人生陷阱中难以自拔。1950年，政府关闭翠云坊等所有妓院，并对妓女进行思想劳动改造，秋仪、小萼认为是"不让卖了"而进行抗拒，这种抗拒主要来自她们对固有的生存方式的深度迷恋。小说这种角度的选择是颇有新意的，而且真实可信。秋仪、小萼两个人物的个性也写得相当逼真而突出。秋仪多情而刚烈，敢作敢为；小萼慵懒而缠绵，显得比较自私。另外一个人物老浦，让人想起《妻妾成群》中的陈家公子飞浦。苏童把老浦这个风流而懒惰的花花公子形象，连同秋仪、小萼一道在一种细腻的描绘和富有对照意味的叙述中形神毕肖地凸现出来。

  从《妻妾成群》到《妇女生活》再到《红粉》，苏童刻下了他艺术转换上的轨迹。我不敢断言，苏童从此脱离后现代主义而汇入新写实的大潮，但毕竟，走出过分浓郁的虚幻迷雾，让艺术的天空变得明澈，让叙述文本变得可读且耐读，是十分令人愉快的事情。

（《文论月刊》1991 年第 8 期）

秋季的收割

——《散文百家》散文诗获奖作品专号评述

当怡人的秋风敲响旷野的绿叶时,《散文百家》散文诗大赛获奖作品专号已收割了一片金黄。作为一名编者,摩挲着一页页诗意盎然的稿纸,心中充满难言的欣悦。此次征文,有三千余篇作品参赛,从获奖者中精选出的近六十位作者的新作,虽不能说篇篇是精品,但却是散文诗的一次集中亮相,是1993年散文诗界的一个缩影。尤其让人怦然心动的是,一股新鲜的青春的风迎面吹来,昭示着散文诗永远年轻。

或许应了那句话:诗属于青年。从阅读作品可以感知参赛作者大多是青年人,一支支清新嘹亮的歌向世界唱起,尽管还稍显稚嫩,不那么圆润,但坦诚、热情、鲜活,具有不加伪饰的毛茸茸的质感和本色,尤其是那一份对缪斯的痴情。这是散文诗存在与发展最肥沃的土壤。同时他们勇于探索,敢于创新,不受先验的框囿,给散文诗的丰富提供了极大的可能性。另有一些在散文诗园地耕耘多年的名家老手加盟,以他们娴熟的技巧、深湛的情思,给本次大赛增光添色,提高了艺术品位，客观上也展示了散文诗创作队伍的衔接和层次，在审美上，他们更有一种理论上的自觉和纯熟的把握。对于散文诗的文体界定，文坛上有着大体一致的看法。新出版的权威的《中国大百科全书·中国文学Ⅱ》如此阐述："散文诗是兼有诗与散文特点的一种现代抒情文学样式。它融合了诗的表现性和散文描写性的某些特点。从本质上看，它属于诗，有诗的情绪和幻想，给读者美感和想象，但内容上保留了诗意的散文性细节；从形式上看，它有散文的外观，不像诗歌那样分行和押韵，但不乏内在的音乐美和节奏感。"散文诗是散文与诗联姻的产物，诗是内核，散文是外壳。之所以说其本质上是诗，是因为它实际上是诗的一种变异。自由诗是格律诗的变异，散文诗则是诗的再度革命，是诗向散文领地强有力地入侵之后嫁接出的一枚新果，具有自己的独立品格。散文诗尽可表现为多种形式，但没有诗的灵魂统摄，一切就都失去了依托。这一点，在本期专号作品中，可以得以确认。

按照现代一些文学理论的观点，我们从语言、意象、意蕴三个层面来检视这些作品。

读散文诗首先读什么？读语言。语言不仅是一种载体、工具，同时也是一种审美主体，语言符号的排列组合、使用的优劣，直接关系到作品的艺术质量。散文诗的语言是什么？它以诗的语言为主体，排斥小说的口语（生活言语），排斥散文的书面语，当然也可以有散文的描述，但必须富有节奏和音乐感。

现代散文诗，常将日常符合逻辑的语言进行偏离和变异（变形），以隐喻、象征、通感、空白、跳跃、暗示等手段，达到一种语言的"陌生化"效果。正如散文诗鼻祖波德莱尔所言，"没有变形的东西是不能感觉到的"。"陌生化"的目的是增加读者的感知能力和新鲜感，还有审美的愉悦。当然，散文诗语言在艺术操作上，可以有朦胧和明晰之分，但须干净、洗练，富于美感。北野的《汉赋》是走得较远的一篇，他承继了诗的先锋姿态，句子的跳跃度大，线性的逻辑秩序遭到了颠覆，语言富有弹性和张力，其中的"鸟""骑手"都笼罩了一种象征意味，审美空间是寥廓的、不确定的。他写鸟"在飞临树冠的时候，遭到了语言的侵袭"，"语言的侵袭"所导致的艺术变形是他作品的主要特色。相比之下，蹉跎的《淳朴乡俗》语言上没有过多地遭受"侵袭"，表现得较为明晰。"日子温顺如草，在乡俗醇酒里洗净手指和思想。""小小的镰，割伤梦幻里的稻子。"（《回归心旅》）再如解黎晴的《武陵溪的等待》："望着纷纷飘落的桃花，我的思念疯长一片摇曳的桃林，深深的忧郁潜入根须，结成一圈圈暗红的年轮。"这些语言都与日常语言背离，却是典型的诗的语言，直接运用了隐喻、通感等艺术手段，体现了作者的想象和创造，而且美。如果说上述几例采用了典型的诗的语言，表达了作者的一种意绪，那么，冷雪的《养路工的妻子》则成功地引进了散文的描述性语言，而且不失诗的韵味。"那渐远的身影，把她的目光，拉成蜿蜒的小路了。直到那个背影消失,空旷才与山路合作,开始在她的目光里,描写心事。"写得多好!既明白又有味道,富有镜头感和动态的美。如果换成日常符合逻辑的语言,不仅诗韵顿失,那一份美恐怕也黯然消退。这是"诗的表现性和散文的描写性"结合得较好的一例。所以,散文诗不能简单理解为诗的不分行和不押韵,既然它是两种不同物质的结合,那么,如何充分发挥两方面的优势,壮大自己的躯体,确实是一个值得研究的课题。

作为一种精短的抒情文学样式,散文诗的功能在于抒发作者对世界的一片情思,不同于诗的是,由于它采取了散文自由不拘的形式,拓展了审美空间,更能以充分的从容,通过营造意象来凸现、丰富文本的思绪表达。"'意象'是在刹那间所表现出来的理性与感性的情结……正是这种情结的瞬间出现,才给人以摆脱时间局限和空间局限的感觉。"(庞德)意象的飘忽和迷离正适合情思作超越时空的驰骋,同时赋予作品以空灵和朦胧之美。北野的《汉赋》与胡昕的《古峡谷》中的飘飞不定的鸟,朱仲祥的《清新山景》中红色的鹿群,江于的《鱼冻》中冷艳的鱼,韩青的《想起那一片蔚蓝》中的蔚蓝的海,张厚林的《千年之门》中的黑色骏马,孙秋生的《走向高原》中的浑黄高原,秦岭云的《叶子花》中的绿色枝蔓……这些意象如同亦真亦幻的精灵,美丽而飘逸,在作者心灵的浸润下,热烈地展示着生命的姿态,给人镌刻了一种深刻的记忆。

其中令人印象至深的是:"一群红色的小鹿/——一群跳跃的美丽之树。"如红精灵、红珊瑚、九色驹、火苗,"拉一轮照彻天地的太阳金车,在澄碧的森林湖上踏出一条欢快的小路"(《美丽小鹿》)。想象之丰富,画面之瑰奇,色彩之灼目,使我们仿佛走进了一片神话的世界。如果说这群红色的鹿体现了生命的热烈、潇洒,那么,那匹"在天地悠悠间奋蹄前行"的黑色骏马,由于负载了千年的历史重荷,"抽打日月","抽打民族的躯体",表现得凝重和冷峻(《千年之门》)。当然,散文诗也可以刻画形象,但它的刻画不同于散文的工笔细描。由于语言的跳跃,难以完整和确切,主观意识的强烈辐射与意绪的弥漫,使之也归入意象的范畴。王小泥的《矿山爱诗的少女》、桂向明的《毕加索风景》、鸟人的《荒原守望者》、冷雪的《养路工的妻子》、黄飞的《怀念屈原》、倪峻宇的《翘望》、方达的《月魂》、钱建平的《卖瓜子的小姑娘》、钱续坤的《民乐三章》等,与其说作者的笔在刻画形象,不如说将自我的人生理想、生活态度、审美情调借助一种对应物来宣放更为准确。形象是另一个自我,所认同的是精神的内在联系。在散文诗里,人物是一种风景,如"毕加索风景","一片风景就是一种心理状态"(艾米尔)。

有人将散文诗定义为"先知的箴言,撒旦的诗篇"(楼肇明),这实际上意味着散文诗是以最简洁的语言对世界做出审美或价值判断,是先知或恶魔对世界发出赞美或诅咒。应该说这种评价是对散文诗的最高嘉许。当有人对散文诗或不伦不类或轻灵纤巧颇表不屑时，无疑这种评价使散文诗的自尊得到巨大的维护。

放眼世界散文诗史，有两种传统成为两脉山系，一是屠格涅夫、泰戈尔的审美传统，以诗的文字建构世界美的秩序，描绘美的理想，对人类精神采取了一种认可甚至赞美的态度；再是波德莱尔、鲁迅的批判反思传统，以叛徒的猛士的姿态，对一切不合理的秩序予以彻底的破坏和颠覆，"恶之花"的盛开，促醒了昏睡者的沉梦。因此，散文诗很小，散文诗又很大。放逐与还乡、痛苦与欢悦、生存与死亡、短暂与永恒等人生矛盾及终极性问题，都可以在散文诗中追寻和包容。本期专号中便颇不乏意蕴深厚的佳作。王立道的《生命素描》是对"人"的又一次发现，是对生命呵护有加至珍至爱的咏叹。桂向明的《毕加索风景》写大画师毕加索"唯独害怕衰老，害怕失去享乐和画框中的春天"，"高傲的痛苦，把无数瞬间化为永恒"。这里边包含着对艺术大师的一种深深理解，人的生命终会老去乃至死亡，这是自然法则，艺术家也概莫能外，但他的不朽的作品却使他得以永生。这岂不是一种生命的辩证法？刘勇宽和陈锦清也分别从溶洞和垂钓中感悟到了一种哲理："比石头更坚硬的是水滴，比水滴更坚硬的是时间。"（《溶洞吟》）"世上没有比欲望更深的水，比脚步更宽的河，一截鱼竿又能钓到什么？"（《垂钓黄昏》）倪峻宇是一位相当成熟的散文诗作家,《古渡口》富于时代感,写出了历史与现实的递嬗、交汇。"一串游子湿漉漉的惊喜,把渡口装订成一卷史册,撒播到外埠的霓虹灯下。"《翘望》则写得大气淋漓,气势苍劲,把抗金英雄李纲的形象凸现在人们面前,"脊梁挺直,撑起一天风云","站在千百游人的瞳眸里,站在世代民众的心中"。蹉跎的《贴近歌谣》是一次浪子的精神还乡,在庄稼、炊烟、乡俗、民谣中寻找精神的家园,是意识深层的一次"心旅回归"。最原始的、拙朴的却往往是最本色的、真实的。现代人在物质文明日益发达的时候,却时常受到心灵无依的困扰,于是寻找失落了的精神故乡便显得十分重要。孙海的《倾听编钟》不仅在形式上富有实验的意义,而且内涵也较深。编钟是一种古代的打击乐器,作者从中倾听的是美和历史的袅袅回声,"一种声音,从四千年的源头,缓缓漾开。/沿世纪的断壁,悬起。/年年复岁岁,岁岁复年年"。圣桥的《走进溶洞》有一种"穿过时光的巨腹"的感觉,构思奇警不俗。此外,张县伦的《为谁而歌》、周拥军的《恋歌》、二毛的《古墓》、杨冬琳的《拥有希望》、叶振瑜的《爱在深秋》等作品,都表达了对美、青春、生命以及爱情的痴迷,唱出了曲曲人生的"恋歌"。

整体而言,本期专号作品尚有不尽如人意之处,主要表现在:一、时代色彩还不够浓郁,关注现实、富有生活气息的作品嫌少,有的流于空疏和一般化;二、思想还不够深邃,缺乏哲人的气度和力度，显得不是那么恢宏和大气。这或许有些苛求了，但我们希望这次大赛成为散文诗的一次契机，不断总结，不断磨砺，在世纪末的最后一段岁月里，收获更加绚丽的秋季！

(《散文百家》1993 年第 12 期)

人生圈套与叙事机智

——热马小说臆评

热马即马平,是四川文坛近年崛起的一位青年作家。他喜小说,兼散文,文笔漂亮,极见才气和灵性,透出一股子对写作行当特有的机智。这种机智表现在小说上,就是他对近年的小说潮头,不管是后现代,还是新写实,都不随波逐流、亦步亦趋,而是始终坚持自己的审美思考和艺术品性,当然并不排斥对各种成果的融合吸收。对于20世纪80年代中期以来的小说作品,有人概括为:老派作家读"意义",新派作家读"句式"。作为青年作家,热马自然属于新派,他也很注意小说的语言操作和文本"句式"的造设,甚至明显受到现代西方小说叙事观点的影响,但他并不消解作品的"意义",仍试图通过小说向世界说点儿什么。在"怎么写"与"写什么"上,热马展示了他的机智,当然他的机智并不限于此。

热马有篇小说名《圈》,这"圈"让我的审美知觉一下子从蛰伏的状态中惊醒,原来他几乎所有的小说中都隐匿着一种"圈"!这"圈"包含两层意思:一是外在的叙事形态,热马善于在他的小说中设置一种阴谋或者圈套，表现出他在叙事观点上的狡黠；二是内在的主题意蕴，热马小说中的人物大多生活在一种圈套中，他所展示的人生其实就是一场缧绁与挣脱的生命冲突，人生的意义就是不断被缚和反缚的带有悲壮意味的冲突过程，正如荣格所言，"冲突是生命的基本事实和普遍现象"（《荣格心理学入门》）。这种冲突即表现为人物之间、人物与命运、人物心灵内部的冲突。"圈套"的设置使冲突成为可能，冲突又反过来给"圈套"赋予意义。热马就是以设置圈套的方式，获得耐人寻味的独特的审美呈示。在热马的处女作《热风》（1987年）中，就肇始了他对设置圈套的某种癖好。小说缠绕着一种神秘的阴谋情调。故事很简单，文本的构成实际上就是一场阴谋的推演，为实践一种"诺言"，一对恋人做着爱的游戏。"诺言"本身就是一种圈套，游戏的过程即对圈套的拆解，在拆解中完成了叙事。这篇小说的意义就是展露了热马出色的叙事才华，给他的小说潜伏了"圈套"的原型，尽管在他来说是潜意识的。因此，我们可以看到，《斜坡上的小屋》《河滩》《看哨》《无雨的日子》，尤其是那篇《圈》，都有着圈套的双重展示——叙事圈套和小说人物困扰于其中的人生圈套。这种结构使得热马小说具有双重价值：文本价值和主题价值。

小说写作的终极意义恐怕就是对人生世界的深刻观照，不管是直接的、间接的、隐晦的、曲折的，最终的审美旨归还是对人生的关怀。热马小说中人物的处境,就是"圈"的缧绁与突围的冲突过程,作者将人生的生存困境、生命渴望以及种种复杂的情感给予了深刻的揭示。例如《无雨的日子》的冲突过程就凸现了一种悲剧形态。《无雨的日子》由三个相对独立又互相勾连的短篇组成:《树》《塘》《坝》。因为这三篇作品有一个共同的主题,所以在审美形态上表现出了相似的叙事模式,即一个美丽女人被一个邪恶男人垂涎,并遭到粗暴的侵犯(或占有),另一个与之相关的男人招致无辜的伤害(或毁灭)。叔本华指出:"再现一种巨大的不幸,是悲剧唯一的职能。"他把悲剧分成三种类型,其中之一就是"这种不幸可能是由于某个邪恶的人物而发生,他的邪恶达到了可能性的最大限度,他就是这一不幸的制造者"(《意志和表象的世界》),热马的这篇小说即体现了这样一种悲剧形式,但问题是这种模态很容易将小说的主题意向置入道德评判的社会学层面,流入"好人蒙难,小人得志"的传统悲剧格局。好在热马有着机智的清醒,他突破了道德层面,向着人性本质的深层挺进。三个美丽女人(翠叶儿、琼子、凤儿)固然都遭到邪恶人物(六指儿、金狗、俞指挥)的凌辱,但都面对着圈套的诱惑(六指儿是队上会计,可以多记工分;金狗的爹、俞指挥都是掌权人物),因此而表现出了人性的弱点。比如,翠叶儿被六指儿强暴之后反而觉得六指儿比她文弱的丈夫强,生理上居然有一种满足感。心灵的受辱与肉体的快感本是截然对立的二元,却在翠叶儿身上变得和谐。我并不认为这种处理违背了生活真实，只能说是更加深了悲剧的程度，强化了人物的不幸，这不幸不仅来自外部，更来自人物的内部。这使我想起卡西尔的一句话："不是感染力的程度而是强化和照亮的程度才是艺术之优劣的尺度。"（《人论》）

我在前面说过热马在叙事观点上表现出一种狡黠和机智——他对叙事艺术有一种自觉的审美追求，在《匣子沟》《微雪》《看哨》《河滩》中都有突出表现。《匣子沟》出现的第一个句式"许多年之后"，一下子就让我想到马尔克斯《百年孤独》的叙事模式，这与传统讲述故事的"从前"模式恰好在时间表述意识上是一次革命式的置换，它的内在意义是以"向后站"的方式对"以前"的生活给予主体投入的审视，纯粹的再现蒙上了表现的雾纱。热马对儿时"匣子沟"的追述，本质上是一次精神的还乡，他在这里找到了心灵的家园和停泊地。我们还从中看到了人类文化的原型——食色文化的人生启蒙。同时，"匣子沟"既是一种性的暗示，更是封闭圈子的象征。作者在终篇时表达了冲脱出去的决绝。这里存在着一种悖论，匣子沟是封闭的、落后的，所以要实施突围，但作为永远的故乡，又在召唤漂泊、羁旅的游子，这是一个颇具现代意味的命题。这篇小说的整体叙事采用了散文化的手段和情调，酿造了一种徐缓淡远的氛围，但也有一些缺乏节制的拖沓。《微雪》叙事上采取了托多罗夫所说的"插入"式，即在一个基本的故事叙述中"插入"与之相关的事件，使文本构制呈现出立体繁复之貌，克服了短篇小说单薄瘦弱的局限。《看哨》则把叙事视角统摄在一个少年身上，透过不谙世事的少年的目光，来窥探人生荒诞的秘密，使本来就荒诞的生活更增添了荒诞的色彩。《河滩》的主要价值在于它的独具特色的叙事。作品几乎没有什么情节，写"我"站在阳台上看河滩上一对青年男女拉手、散步、拥抱，然后神秘地消失。作品严格地把视角定位于阳台上"我"的眼中，所表现的一切风景都在"我"的视野之内，角色一旦走出了"我"的视野舞台，小说的大幕就匆匆落下了。这种叙事方式跟罗伯－格里耶的《嫉妒》有些相似，只不过，《嫉妒》中那位叙事者是隐形的。应当指出，现代作家重视叙述技巧，但技巧本身不是目的，形式常因别具匠心的安排而被赋予深长的意味，成为"有意味的形式"。在新派作家眼里，形式不是包装，形式本身就是内容。

行文至此，我不能不提到那篇名为《圈》的小说，这篇作品发表在《芳草》上时被置于短篇头题，并在卷首赞曰："刻画人物入木三分，有穷形尽相之妙。"我同意这种评价，并认为这是热马最见功力的一篇作品。小说的基本手法是现实主义的，比如故事情节的自然演进，人物形象的细致刻画，以及细节的真实生动，等等，但作品也渗入了诸如夸张、隐晦、梦境等非现实主义因素，整体意蕴更涵盖了一层象征的云翳。

小说的表层描写了一个叫于上游的农民被诱入圈套参加变相赌博的故事,但深层却表现了一种人类的生存境况和困窘。作品写道:"这里显然围着人,瘦子仍然在这里设'圈套'。于上游站在人堆外面,发现人们围成的是个圈,那瘦子就被可笑地套在圈里。再看那街心花园,也还是石头栏杆围了个大圈。""于上游为这世上'圈套'太多而翻来覆去睡不着。"可以说,人生都处在一种"圈"内,毋宁说"圈"也是一种生存形式。人们居于某种圈内,又不自甘,冲脱一层,外面还有更大的一层,人生的意义或许就在这样一种冲脱过程,亦如西西弗斯神话,永无止境。于上游的悲剧就在于陷入圈套之中而懵然不知,成为蒙昧的牺牲品。于上游这一形象热马刻画得相当出色,我在这里不再作具体分析。我想确证的是,通过这篇佳作,可以看出热马小说创作存在着两种优势(或曰特长)。其一,描写农民的优势。这种优势来源于热马对于农村生活的熟悉和对农民的深刻理解,这使他写农村题材的小说从整体上讲高于写城市生活尤其是小知识分子的作品。热马应充分认识到自己的优势所在,从而扬长避短,更深地挖掘下去。其二,写感觉和幽默手法的优势。对于感觉,丹纳指出:"艺术家在事物面前必须有独特的感觉……他靠这个能力深入事物的内心,显得比别人敏锐。"(《艺术哲学》)热马的机智也同样体现在艺术感觉的敏锐上,他常采用诗歌语言"偏离"的效果来增加语言的质感,显得丰富、生动、鲜亮,富有光泽。幽默的引入（有时是黑色幽默），给热马的小说增添了一种机趣和情调，能引起读者"心灵的妙悟"。这些是热马小说的优势，也是其主要艺术特点，宜再发挥。

(《当代文坛》1994年第4期)

独具个性的生命喧响

——韩小蕙散文印象

近年活跃于文坛的一批女散文家中,韩小蕙是极富个性的一位。早初她曾发表过中短篇小说,后有报告文学、纪实作品问世,最终她发现"最痴迷的还是散文",于是,"把内心的一片世界全部交给了散文",可谓脉脉此情独钟。她的散文,敏感、率真、执着、坦诚,激情流泻,思辨滔滔,是"面对自我与世界"的生命诉说,那里有时代、历史的审美感应,还有心灵的波澜溅起的一片人生潮声。她自觉地挣脱传统散文经年陈树的审美樊篱,拓开一方真正属于自己的天地,在当今散文世界掣动了独具个性的生命喧响。

《悠悠心会》《我的大院,我昔日的梦》《人生难耐是寂寞》《有话对你说》《不喜欢做女人》《兵马俑前的沉思》等散文,都是韩小蕙近些年来精心营构的佳品,在读者中颇有反响,也为各种版本的文集所青睐,有的还变成了洋文发往海外。这些作品,如韩小蕙自己所言,写作时全无"作文"的感觉,只是任凭心里话涌淌笔端,一吐为快,这颇有点儿韩愈

"取于心而注于手，汩汩然来也"的味道，吻合"天籁自鸣"的艺术之境。这种品性，使得她的散文一洗铅粉和雕饰，显得率性任意，自由畅达，不拘格体。文本行止，全由着话语的表达，纵然掺入些许匠心工意，也尽量避免过于显山露水、现出"做"的印痕。尤为难得的是，韩小蕙的散文由于自我生命情感的无保留地投入，时常凸现一种真诚直率的人格意象，"人格是个体生命天赋特质的最高实现"（荣格），作家的性情、好恶，对人生的认知与价值取向，都丝毫不加伪饰地向世界呈示。散文成为作家灵魂的停泊地，更是人格意象敞向世界的窗口。我们读作品的同时，也在读着作者的一颗"散文的心"。

韩小蕙的散文充盈着革新气象。她一向不满于散文传统的流风余韵与小桥流水的审美情调，曾撰文呼吁散文发展迄今应具备现代品格，与高科技时代同步，担当"引领"社会的重任。因而，她自觉引入革新的渠水灌注自家的散文苑林，遂长出别样的葱茏。含蓄蕴藉、托物言志、借景抒情、犹抱琵琶半遮面、春花秋月等审美积习被她颠覆和消解，她构建了属于自己的审美结构与话语表达方式，即自我与世界的契合，情感与思辨的融汇，形而下与形而上的交织。需要指出的是，作为女性散文家，对世界的审视与人生表达，她的女性眼光、视角虽都打上了与生俱来的印记，但她令人欣慰地摒除了一般女性作家不易超拔的弱点，譬如，安于小我（小世界、小感觉），一己之私，视野狭窄，琐屑清浅，等等。她的不少篇什都是写女性自身的生命体验,如《不喜欢做女人》《生命总不成熟》《心的自白》,但写自我而不沉湎,更不陶醉,而是热衷于把审美注意指向自我之外的人类空间,抽绎出人性体验的普遍意义,实践着弗吉尼亚·伍尔夫所说的用"两性的心"写作。应当说,当有人礼赞着女性写作的文化意义时,韩小蕙已经在悄悄实施超越了。她找到了一种很不错的话语方式:是女性的,又是超越女性之上的。这种方式既让她保持了女性那份天然的艺术本性,又获得了走向深邃和开阔、营构散文大品的极大可能性。

有人把情感当作散文"质的规定性",以致抒情散文走红多年,甚至成为散文的代用语。散文的路窄途狭可以说跟这种论点难脱干系。许多年来,朱自清、杨朔的诗意与浪漫情怀成为后人纷纷仿效的蓝本,而实际上,现代散文从古典中遗世独立,很重要的一点是借鉴了西方的随笔(文艺性的论说体,周作人谓之"美文"),如蒙田、培根等人的作品。散文若避开了人生意蕴终极指向的沉思索求,而对轻歌曼舞式的吟哦趋之若鹜,不能不说是一种舍本逐末,同时也是一种创作心态的懒惰。或许是创作个性使然,抑或是一种自觉的选择,韩小蕙树起了"思辨散文"的旗帜,将"诗意审美与哲理思辨的完美契合"作为心仪一极,在散文中凸显"思想者"的个性丰采。她的《问书》《有话对你说》《人生难耐是寂寞》等作品,都有一种追寻人生意义"上穷碧落下黄泉"般的执拗,充溢着人生苍茫的沉郁。她创作散文的内驱力,常常不是来自一点儿个人情由,而是面对整个人生的困惑。这种困惑驱动她去沉思,去追问,去探寻,然而这种哲理思辨又不是完全理性的玄思,而是附丽于形而下的具象之上。这种辩证关系可表述为:抽象的哲理议论经过典型状态的张扬,显得勃旺传神;形而下具象经过形而上精神的投入,变得鲜活绚丽,二者相得益彰,水乳交融。应当指出,韩小蕙追求散文的思辨色彩,但并不排斥情感的介入,甚至有时激情洋溢,所谓"情思"是也。然而,情感只是浸润或者说是激活文本的一种审美中介,她的散文给读者带来强烈心灵撞击的,还是探求人生终极意义的思辨力量。

迄今为止,《悠悠心会》与《有话对你说》可以视为韩小蕙散文的两篇代表作,其艺术个性也在其间彰显。《悠》是以情为经、以思为纬来结构的,文本构成可剥离为两个层面,一是叙述层面,或曰具象层面,写自我生命历程的一段纯真的"神交",情亦悠悠,心亦悠悠;一是哲理层面,或曰形而上层面,思绪飞扬在个体经验之上,升华为对人类关系及存在的哲思。这种情与思的遇合,如撒盐于烛,喷出七彩的绚烂。如果说,《悠》多少还带有清纯的理想化情调,那么,后作的《有话对你说》便直面人生的严酷与复杂,从文体到意蕴更富现代意味。作品将现代人的生命躁动、心灵迷茫与精神求索表现得酣畅淋漓,有一种"生命不能承受之重"的悲怆与苦涩。

这篇散文充满了现代灵魂的焦躁感和倾吐欲，主体意识十分强烈。作品中引进了象征、隐喻、荒诞等现代审美手段，使文本弥漫着一种意象飘逸、虚幻灵动之美。

"五四"以来，现代散文明显由周氏兄弟拓开了两条主脉，即鲁迅的呐喊愤激型与周作人的平和闲适型。韩小蕙散文从审美本质上讲，无疑靠拢鲁迅。从她的散文中，总是可以看到一个不屈的灵魂在奔突呼号，心中的话总是按捺不住地向世界倾诉，对人世间的美丑、善恶、是非做出自己的审视与评判。我们可以把她的散文分成两种类型，即自我生命倾吐式与文化历史观照式。前者如《悠悠心会》《有话对你说》，后者如《苏州街涅槃》《兵马俑前的沉思》，但以"思想者"的个性真诚热烈地向世界倾诉，却是其共有的品格。或许这种愤激热烈态度在某种程度上会干扰审美的沉积和熔炼，但其造成情感与思想的冲击力却是毋庸置疑的。韩小蕙以她独具个性的作品证实了自己，在散文界已是独树一帜，她对散文的执着、钟情、全部生命的投入，加之强烈的革新意识，使人们相信她日后能写出更多更好的散文来。

(《文学世界》1994年第3期)

文字魅力最迷人

说来惭愧，后学也晚，"发现"柯灵还只是近几年的事。一次去书店闲逛，看到了柯灵著《墨磨人》，信手翻阅，因有几篇关于散文的文章，便买了下来。此前对柯文虽亦曾尝鼎一脔，却未遑细品，印象如雾里看花。归家展读，竟不得释卷，大有他乡遇故知的喜出望外之感。后来又辗转搜求到他的《文心雕虫》《柯灵散文选集》两书，反复品读，玩味再三，如饮醇醪，最觉迷人的是先生那曼妙奇峭、高逸深致的文字。

柯灵先生少时家事飘零，身世艰舛，只念过小学。他是凭着萤雪凿壁的苦读，涵泳旧学新知，步入文字生涯的。"纸上烟云，恰如屐痕印苍苔，字字行行，涂涂抹抹，也就是斑斑点点浅浅深深的生命印痕。"(《柯灵散文选·序》) 文字在他那里，不仅是一种表情达意的工具符号，还是有生命气韵的活泼泼的精灵，包含着氤氲丰厚的智慧心情，流溢着婉转逶迤的人生意味。柯灵是以"心源为炉，笔端为炭"来铸造他至爱的文字的。20 世纪三四十年代，他杂文散文并擅，鸿踪雪泥，留下《苏州拾梦记》《雨街小景》《伟大的寂寞》等名篇。80

年代后,河清海晏,欣逢盛世,柯灵如枯木逢春,枝繁叶茂,别开了一树好花。其文字更是出神入化,卷舒自如。我对先生痴迷,莫此为甚。《促膝闲话中书君》《遥寄张爱玲》《回首灯火阑珊处》等文,直教人流连低回,回味不尽,深感汉语言方块字的组合变幻实在神奇。

古代中国文人非常讲究语言的锤炼,留下许多炼字炼意的佳话。柯灵秉承中国文化传统,极重文字修养,在书房挂有一副清人张廷济手书的对联:"读书心细丝抽茧,炼句功夫石补天。"对世人多有诟病的"雕琢",他另辟新见:"不经过雕琢的文笔,不成其为文学作品,正如未经雕琢的大理石,不能成为雕像。"(《雕琢》)他反对文学语言完全口语化,"其结果是使色香味俱全的中国文字变成一杯淡而无味的白开水"(《答客问》)。他认为文言是祖宗留下的宝贵遗产,要巧取活用。善于雕琢又不露斧凿之痕,方是大家功力,柯灵文字均为此等上品。

柯灵先生文思宽广,文字清新刚健、简洁醒豁,没有夹生饭,没有头巾气,生气勃郁,一唱三叹。取古人文言入于翰墨,是柯灵一大擅长,但绝无诘屈晦涩之病,如盐溶于水。书面语与口头语熨帖结合,纵横交织,以简驭繁,典雅清丽,手挥目送,俯仰自得,透出浓郁的书卷气,若可嚼之,则定会满口生香。他还善采古代骈文之长,间有四字连用,譬如:"人海浩瀚,世事垒集,潮汐有信,风雨无凭。""涉海探骊,攀梧引凤，抵隙披瑕，穷根究柢。"言事论文，缩龙成寸，深蕴藏焉，让人读了如食橄榄，味久愈甘。同时也使行文参差错落，摇曳生姿。另外，叠字、排比、比喻等修辞手段，柯灵都慧心师造化，运用自如，在尺幅寸笺中展开无边的风景。如他对台湾作家余光中散文《听听那冷雨》的文字激赏："方块字的形象性和平仄声，神而化之，竟凝结为一幅绵绵密密、千丝万缕的雨景，一阵远远近近、紧敲慢打的雨声，甚至那潮潮湿湿的雨意，清清冷冷的雨味，飘飘忽忽的雨腥，一齐进入读者的眼耳鼻舌身，同时渗透每根神经。"（《台湾散文选·序》）这段文字声色光影俱在，让人如雨丝拂面，又仿若谛听到袅袅飘来珠落玉盘的曼妙乐声。

常有人鄙薄文字技巧，所谓雕虫小技、壮夫不为是也，斯言谬矣。文学是语言的艺术，文字不只是基本功，本身也是一种审美对象。依柯灵之见，没有健康的血肉之躯（文字），灵魂（思想）何由附丽？文学大师无一不是运斤成风、挥洒自如的文字巨匠。柯灵文章铮铮风骨，冰雪精神，其迷人的文字魅力是深融其间的重要构成。

(《人民日报》1994年12月16日)

存在的质询与诘问

——致楼肇明先生

楼先生：

您的书(《第十三位使徒》) 我在读到一半的时候，单位给了新楼的钥匙，并限期搬家，于是，装修，采购，搬家，收拾……

或许是我的阅读过程被肢解的缘故，我的感受被割裂成两种情形。前半部我读得很安静，如微风拂面，如细雨霏霏，身心有一种被淋湿的滋润，文化随笔、散文美学随笔、读书随笔给我以知识的理性的洗礼，尤其是散文美学部分，让我这样一个半吊子散文研究者，感到温煦而亲切，不时有一种憬悟般会心的微笑（以往我对您的认识和激赏正是从散文理论开始的）。心灵的风暴是在后半部被卷起的，我无法再保持平静，犹如一枚落叶，被强大的飓风裹挟着，悬浮于形而上的天空，随之俯仰，不能自制。或许我读得不甚明白，但分明感觉到被一种话语流推动着，沉浸于一个由诗、哲学、寓言、象征、感觉共同构筑的审美世界。"乘美以游心"，抑或"乘心以游美"，这种双向互动的艺术主张，在这里可谓实现得淋漓尽致。

原谅我的孤陋，我以前非常喜欢您的理论文字，但对您的文学作品却知之甚少，此番集中阅读，感觉写得这样的好！或许亦可称之为"左手的缪斯"？确切地讲，我是从《不能出卖的影子》开始进入您的作品世界的，随后的《鸡之圣》马上掀起了高潮，让我读得如痴如醉，虽长达万余言，却唯恐很快读尽。我惊叹于您叙事与描述的能力，将那只乌骨鸡描画得几乎破纸欲飞。这只鸡是圣，是神，是道，是魔。这篇长文是寓言，是怪味散文。这是一篇多元复合式的妙文，表层的纪实与深刻的内涵造成巨大的反差，是寓言象征，亦是本体象征，一个鸡的世界岂不是写尽了人的生存本相？《暮色忆念中的大佛》同样给我以灵魂的深深震撼，这篇也算是游记体散文，却与那种时常磕头碰面浮光掠影的皮相文字大相径庭，不啻霄壤之别。进一步说，在许多人忙不迭地将神还原为人的时候，你却严格区分了神与偶像的差别，首肯了神性作为人性升华的终极的永恒的精神价值，从神中觅到了灵魂的庄严与诗的辉煌。不论在任何时候，我们都需要神圣、精神的存在，它们是拯救人类从人性滑向物性的一缕阳光。此文当有警世之功。

您的作品流贯的是一种诗性思维，这种诗性，显然与杨朔所提倡的"金戈铁马，杏花春雨"的"诗意"迥然有别。它不是有意涂抹浪漫的情调、理想的境界、光明的氛围，尽管这种诗性思维采取了诗的诸如空白、跳跃、想象、节奏等行文表述方式，"大地书页"这一辑尤其如此，甚至可以称为散文诗，但我以为这依然是表层的东西，更深在的本质是，这种诗性思维，是屈原以降一颗颗赤诚滚烫的诗心向世界发出存在的质询与诘问。这种思维是超越现实的，超越世俗的，超越功利的，甚至是超越道德的，有着绝对的精神取向，这不是诗是什么？诗在这里不仅仅是一种文学体裁，更是人类精神荒原上的一株绿树、一抹春色。您的诗性思维具体来说，体现在您对隐喻和象征的癖好，甚至我注意到在《被肢解的祭典或时间隧道》的题记里，您将隐喻当作您的宗教，这就决定了您对传统散文规范和审美原则的一种颠覆和革新。在强烈的主体意识的统摄之下，对散文美学做一次新的整合。于是，我看到您的散文是：一、诗化的，二、心灵化的，三、学者化的，四、审美化的。这用一句话来表述就是：学养渊博的学者以现代人的心灵觉悟对世界生存作诗化的审美。您的作品充盈着强烈的批判意识，但您的主体是审美的，而不是审丑的。才气淋漓的文字，繁复密集的意象，仿佛一片芳草萋萋的绿地，在阳光下跃动着生命的光泽。

读了您的作品，我不禁想起了卡西尔的一句话，他说："我们所有的人都模糊而朦胧地感到生活具有的无限的潜在的可能，它们默默地等待着被从蛰伏状态中唤起而进入意识的明亮而强烈的光照之中。不是感染力的程度而是强化和照亮的程度才是艺术之优劣的尺度。"这正好和托尔斯泰的感染力标准相对照,划清了现代美学与古典美学的界限。以往我们对散文的阅读期待是渴望点燃感情的一片火焰,让平静的心绪升温,得到一种温暖的烘烤,像冬日的寒夜里找到一盏灯或一盆炉火。许多优秀的散文都是这样的。但缺乏的就是把意识潜在的无限的可能性从"蛰伏的状态中唤起",在艺术之光的朗照之下,让人们模糊而朦胧的思想一下子被激活,从而变得清晰明亮。也正是在这方面,我看到了您的散文给散文走向现代化注入了新的品质,也是最大价值所在。现在人们频频使用"精神家园"一词,主要是想让忙碌无着的心灵有所安妥,有所归止。其实,寻找家园,是一种休憩、安守的归巢姿态,潜意识是对农耕时代小农方式的一种向往,这是和现代艺术相抵触的,艺术恰恰需要心灵的放逐、流浪,是过客、浪子的姿态,而不是竖起篱笆当一名家园的主人。而您的散文正表现了艺术灵魂的不安分,"游心"也好,"游美"也罢,都体现了一种心灵壮游的动态过程。

您的散文总的艺术特征是本体论象征,以整体意象隐喻整体世界,象征和隐喻是您艺术桥梁的两大支柱,绚烂的意象群落潜藏着深刻的哲理内涵。在眼下散文创作日趋生活化、世俗化的情势下,您的作品无疑保持了先锋的品格。

拉杂写来,不着边际,但我毫不掩饰我对"游心者笔丛"

的问世及新的散文旗帜的出现由衷地欣喜，中国散文是有希望的！我期待着先生的指教。

刘江滨
1995 年 12 月 5 日

(《中华工商时报》1996 年 1 月 30 日)

且听穿林打叶声

——伍立杨随笔评鉴

近年随笔写作的勃郁繁盛,构成了文坛一道迷人的风景。20世纪三四十年代冶古典小品与西洋随笔于一炉的这一文体样式,像一条湮没于地下的河,历经半个世纪之久方陡然涌出地面,浩浩汤汤,蔚为大观。在众多随笔写作者之中,伍立杨的文章,如临风玉树、琼枝瑶花,逼人眼目,又如明珠结胎、冰壶秋月,另辟一境,赢得许多方家与读者的清赏。他三年出了三本集子:《时间深处的孤灯》(1994年,国际文化出版公司),《梦痕烟雨》(1995年,四川人民出版社),《浮世逸草》(1996年,中央编译出版社),量大而品高,质实而腴润。其学识之浩博,情感之沉郁,思想之奇崛,文字之俏丽,趣味之浓酽,兼之巧手调和,兼容并包,在文体、风格上实创一格属于他自己的审美标识。读他的随笔小品,每每如泛舟水上,止息荫下,隔窗望雨,雪夜听箫,心头丝丝缕缕漫起一股旧时的清风与现实的云烟,在"一种审美享受"(唐达成语)中精神又会走得很远。

香港名家董桥尝谓散文须学，须识，须情，三者合之乃得"深远如哲学之天地，高华如艺术之境界"（《这一代的事·自序》）。其实这一高论更适用于随笔写作。对于随笔文体，伍立杨也发表过自己的意见："真正的随笔，是一种空谷幽兰，是一种空谷足音。它或者深澄如山口幽潭，明净如秋水长天，曲折如溪谷转折，跌宕如丛山断壁，智慧则以见地和思想为底蕴，每每有自己的发现；文笔则以情怀和墨彩为血脉，闪射着文采的光华。移步生莲，举重若轻，人生、艺术、词采、心情，调和融洽，又如鱼之相忘于江湖。"（《随笔之笔》）显然，伍立杨除了董桥所说的学、识、情三者外，还尤看重随笔的文——文采、文体。伍立杨大量的随笔作品大抵可分作四种类型：思想随笔、读书随笔、文艺随笔、生活随笔，不管是哪一种类型的文章，都有学、识、情、文四者融合如血脉一样流贯其中，饱满丰盈，摇曳多姿，构成了融古典精神与现代意识于一体的独具魅力的审美文本。

学——浩渊博洽，书香满纸

伍立杨是一个学者型的作家，读他的随笔最突出的感受就是知识丰富，学识广博，信息量密集，书卷气十足。学养的丰赡深厚自然端赖于他的博览群书——古今中外，文史哲科，另加一些医书、兵书、农术、谣谚等闲书杂书，无不涉猎，并甘之如饴。如此博闻强记，浑融圆通，便构成了他的满腹学识庋藏。杜工部云："读书破万卷，下笔如有神。"信然。随笔是一种知性文体，无学则无以立，学识是其重要的组成部分和文本构架，西洋随笔大师蒙田就开创了旁征博引的传统，在尺幅寸缣中涵纳较大的知识密度。喜欢引经据典，穿插掌故佳句，构成了伍立杨随笔的一大特色。《雨中黄叶树》一文三千来字的篇幅竟用典达二十来处，可谓五步一阁，十步一楼。

伍立杨用典的特点主要有两个，一是征引，一是化用。征引，不是他掉书袋，而是书袋来掉他，像鹿之奔泉、蝶之恋花，如风行水上，实出诸自然，胸中积有丘壑，一张口就吐出锦山秀水，与自己所要表达的意见相互辉映，更具说服力，而且集中用典，易使读者触类旁通，不啻一次智慧的大会餐。譬如，《雨中黄叶树》一文中谈到传媒信息时代人心的隔膜反而越拉越大，便引用了三位大师的妙论。鲁迅说："人和人之差，有时比类人猿和原人之差还远。"（《论睁了眼看》）季辛说："读书人与不读书人的差距，就如同死人与活人之间的差距一样。"（《四季随笔》）卢梭说："此人与彼人的差别，比人和禽兽之间的差别还大。"三人之论，各臻其妙，又异曲同工，可见中西文化高人心理智慧的攸同相类。作者如此一引，不仅使文峰突兀而起，也给读者提供了一个重要的文化参照。常有人诟病用典，以为是借他人酒杯浇自己块垒，是说别人的话，却不知掉书袋实在是学养深厚的真功夫，其中妙处实不可小觑。周汝昌先生说："书袋给随笔撑了腰。""若是真有能掉得风流的能手才人，那就不但不嫌他掉。还巴不得他多掉一番，也是一种'美学享受'，开心益智。"(《随笔与掉书袋》) 伍立杨可以说正是这样一位风流潇洒的能手才人。他用典不是一味死用，而常妙手化用，死典活用，化腐朽为神奇，一经慧心点染，又焕发出时代的光彩，或把前人的名句"演连珠"般组织在自己的文章中，或研磨成精，成为文句的构成部分，不露痕迹，着手成春。如这样的句子："既往矣，先生墓木已拱，树犹如此，人何以堪！""树犹如此，人何以堪"是庾信《枯树赋》中的句子，此时以"树"接"木"，十分贴切自然，如船过三峡，顺流而下矣。又如："人未老，鬓已斑。江湖夜雨，又是十年寒灯一晃而过。"内含黄庭坚"江湖夜雨十年灯"的名句，却化得巧妙，典雅而意绪辽远，犹如白云出岫。再如："总是乍暖还寒，总是最难将息，总是不敌晚来风急，文章憎命达，魑魅喜人过。诗人倒穷蹇，秀句出寒峨。名岂文章著，官应老病休。功名傀儡场中物，妻子骷髅队里人。这一条线，响彻跳跃着悲凉的音符。"(《浮世的迷醉》) 这一段文字，以大量古诗入文，以"演连珠"的方式滔滔汩汩，不仅与整体文章自然熔于一炉，而且酿造了一种不可抑制的悲凉意绪，弥漫开来。

识——机杼自出,见地深致

明代公安三袁之老大袁宗道尝言:"有一派学问,则酿出一种意见。"(《论文》)可见"学问"是"意见"的前提和依托,否则只能是空穴来风,然而,"知识是静态的、被动的,见解却高一层"(余光中《散文的知性与感性》)。学识固然重要,但归根到底是为表达识见服务,仿若密匝葱茏的绿叶,它要扶持映衬的是娇艳的花朵。20世纪末随笔的重新崛起,除了那一种雅致外,更源于对思想者的呼唤。伍立杨的随笔是一种很规范的文体,即周作人所谓的"美文"——艺术性的论文。他和韩少功、张炜等人的随笔不是一路,不是纯粹的理性思辨,不是完全形而上的苦思冥想,或抽象的逻辑推绎,他更注重感性因子的渗透,思想的表达借助于具象的载体,往往以心灵的触点为由头,以经典作为渡河的舟筏,来抵达精神的彼岸。理性与感性,议论与描述,学识与见解,现实的阳光与旧时的月色,心情与智慧,都浑融地结合起来,思想见地的抒表更为明晰、清润、朗畅,可作审美的对象,既是主体又是客体。早年伍立杨在写诗的同时,也写了不少谈艺随笔,后来专事随笔写作,视域题材扩大了,不仅仅谈艺论文,而且是无所不谈,思想的含量也走向深邃宽厚,但人、人心、人性,尤其是文人的生存与文艺的处境依旧是他关怀和思考的焦点,发表了不少独到而深致的见解,直抵人的心灵深处。"五四"以来尤其是浩劫岁月,古典的传统逐渐式微甚至丧失殆尽,有人称对古典的嗜好为"骸骨的迷恋",伍立杨却反其道而行,他正是看到了古典精神的消弭给当今文艺发展带来了深重的灾难。他坚持认为,古典的醇酒气息至今醉人,具有永久的生命活力,"美的灯影,绝不是云烟过眼,在敏感伟岸的人心中,它又展开了无边的风月"(《骸骨的迷恋》)。也因此,他在多篇文章中对新文化运动的对立面——被称为"复古"派的林纾等人表示了大胆的推崇。在消费时代,物质进步了,人却离自由愈远,身为物役,心为欲拘,倒陷进了无所不在的围城之中,古代的高士为避十丈红尘,可以隐入山林,结庐而居,今天真正"守护文化孤灯"的文人呢?走,是不现实的,唯有"培养自己的胸襟","替自己的心灵垦荒植绿,作无法超越的超越,无法泅渡的泅渡",借此来摆脱心中的围城(《摆脱心中的围城》)。此语虽含一丝无奈,却是一副良方,可医有疾人。《小舟从此逝》《培养更深的兴趣》《诗酒年华》等文都在替现时文人也替自己做着心灵突围的努力。"吾侪清寒书生,出入皆难,困居都市,就只好借纸上那些耐读的飘然而去的心情,来减轻社会的精神溃疡了。"伍立杨是清醒的,他虽嗜古典,向往旧时文人的山色水影,却不作陈腐语、冬烘态,后工业时代的物质挤压、人文消磨,反而使他放出眼光去和世界哲人心灵晤对,探求现代文人的精神出路;伍立杨又是浪漫的,周围世界的名缰利锁丝毫没有泯灭他那一缕诗情,心灵未被世俗化污染,依然纸帐梅花,冰雪精神,执着探求未竟的大美,心情是那样旧又是那样新。

《百年身世浮沤里》是一篇应特别注意的文章,是作者关于人生与梦的文学思考,洋洋八九千言,集中展示了作者的人文思想与终极关怀。"生年不满百,常怀千岁忧",通篇都是忧患之言,从远古太荒到现实再到未来前景,作者关切复关切,叹息复叹息,探究复探究。他以文学中的人生之梦作为连线,汤显祖的临川四梦,张宗子的陶庵梦忆,莎士比亚的仲夏夜之梦,庄周的梦为蝴蝶,韩愈的"且着人间比梦间",苏轼的"事如春梦了无痕"……融合了科学、宗教、哲学、艺术等多种学科知识,排比参照,阐幽抉微,探求人生的意义与人类生存的潜在危机,意蕴丰厚,思想深刻,密匝多义,堪称近年来不多见的随笔力作。固然,作者对人类前景、人生意义看得太透而过于虚空悲观了,但如此正视人性的弱点,足以给沉睡于梦中的人类当头棒喝!在人类与自然的关系中,伍立杨反对人类中心说,这种见解,让人耳目一新。本来,文艺复兴以来,人本主义思想的建立,把人类从中世纪上帝的脚下解放出来,成了"宇宙之精华,万物之灵长"(莎士比亚),是极具进步意义的,但随着科技的发展,人的欲望的恶性膨胀,人的中心也就蜕变成人的霸权,自然本是万物的家园却只成了人类的家园,其后果也将促使人类自身的毁灭——转头即空!伍立杨写道："人作为一主动者，必然对最大的承受者——大自然造成毁灭性的破坏，小心眼的人类既认为地球是宇宙的中心——为了中心的中心，即人自身，又有什么事情做不出来呢？"因此，他更赞成人是细菌、虮虱、蝼蚁之喻，这与莎翁的顾盼自雄之论判如天壤，其中的沉痛、大忧不难领悟。

情——沉郁顿挫，心事浩茫

有人认为随笔是一种软性文体，只能以幽默、雍容、闲雅的态度看取人生，如梁间燕语、阶下虫鸣，把随笔与闲适小品画上等号，其实这是一种误解。人如陶渊明尚且有"悠然南山"和"金刚怒目"的两面，何况一种文体呢？英国的随笔大家兰姆固然幽默，但常寄寓着伤感；周作人固然闲适，但苦涩的味道也甚为浓稠。清人张潮说："古今至文，皆血泪所成。"(《幽梦影》)信然。伍立杨的随笔虽然也有一些闲适小品，涉笔成趣，俏皮机智，取生活中谐谑事说项，足博读者一粲，如谈现代美容术，"也许有一天，我们看到一张张修饰衬垫了的美貌，不再说'呵，真美！'，而是问'花了多少钱？'。"(《美貌内外》)伍立杨是不乏幽默的，闲适小品中有，其他文章也不乏其例。但这却不是伍立杨随笔的主要特征，他的情感特色属沉郁一路，这或许跟他几分内向的忧郁气质有关，也是孤灯下独对人生的结果，或许是有意与五四时期的几位闲适大家取不同的审美趣味。伍立杨是欣赏沉郁的，他认为沉郁是一种"高格"，"倘若有人蘸着他的心血，写出一部书，那么必有可观之处。在消费时代，尤其难能可贵"（《真知赤心沉郁气》）。"沉郁固然是一种笔法，一种文字特质，但沉郁更是一种心境。是绕着智慧内省的氤氲，是身陷困境的个人体验，其深深的孤寂感，往往起因于对命运不可逆转的喟叹，真正的大作家，即使在最快乐的时候，心中也有一种潜在的忧郁、不安和期待。"（《沉郁的魅力》）这样，沉郁就不仅是一种审美风格，苍重悲凉，由于寄托遥深，更能让人们生发幽远的情怀。小说、散文、诗歌如此，重议论的随笔亦如此。

伍立杨总是以悲悯忧郁的眼光审视人生，笔下留下的多是酸楚语，一盏孤灯，心事浩茫，满怀愁绪，如窗外缠绵的雨丝，在阶前点滴到天明。快乐总是稍纵即逝，而沉郁却驻存灵府，挥之不去。他喟叹古代落拓一襟、寒窗坐老的文人"牵萝补屋，百事乖违，罗雀掘鼠般挣扎寄身于社会底层，聊以卒岁"（《衰象依稀记牢愁》），又伤怀于当今某些艺术家"面有菜色，眼神阴沉惶惑"，"不禁起一种大哀痛、大悲悯，为他人，也为自己"（《人心，不是血肉是钢铁》）。忧患与批判构成了伍立杨随笔沉郁风格的两面，前者使他的文章获得了情感的深度，后者则获得了一种距离和超拔的力度。既忧思难忘又慨当以慷。大凡散文重在抒写自我的生命体验，处处有"自我"在里边，而随笔重在观察外部世界，所以，伍立杨很少把"自我"纳入笔端，他的忧患所在不是一己的悲欢和现实处境，而是商品经济时代的世道人心、文人的生存命运、文化与美的灯影薪火。《人生能得几春秋》《生死一大梦》《乱世血泪》《怪人的轨迹》《悲哀与欣悦》《小舟从此逝》等，纵贯古今中外，都是就人生存在的基本方面生发的忧思感喟，进而究诘追问，探寻榛莽荒原中的精神小径。而对人性的虚伪、狡狯、贪婪、昏蒙、荒谬等丑恶方面的批判鞭笞、尖利嘲讽，使忧患意识避免流于一味的幽怨哀叹，蒙上了一层旷达的亮色。《女人是风景吗?》描述了这样一个事例：有一个风姿绝秀的女人，含蓄绰约，让人疑为仙人，但有一次与人吵架，叉腰顿足，作狮子吼，眼睛像要出膛的子弹，各种生理器官语言，倾口而出，巧笑美目，为之丧失殆尽。作者由此感叹说："蒲松龄的女鬼可以迷住书生；当世女性呢，往往吓住众生。"其中的人性消息的确让人感到沉重。如何提高人的生命质量，使人性更完善，人生更美好，社会更文明，是伍立杨随笔情感投注的归结点。

文——锦心绣口，斐然成章

随笔虽属知性文体，思考于内，议论于外，表达思想见地是其根本，但如何在知性中渗透感性，使二者相得益彰，相衬互济,使随笔也成为美文,富有"理趣",却是一件不易之事。在这方面,伍立杨随笔锦心绣口,斐然成章,别具魅力。这固然是其性情、修养所致,"腹有诗书气自华",更是他勤力研磨、雕琢的结果。他极为看重文字笔墨,他所激赏、推崇的文章大师如柯灵、钱锺书、余光中、董桥都是力图在中国的文字风火炉中炼出丹来的语言巨匠,即便是以幽峭朴茂著称的鲁迅的文字,他也独具只眼,拈出其文采的高华,"鲁迅文章,文句泊漾,虚词迤逦,种种回环的空间,潆回水抱,颇有积雨空林的朗畅幽谧。英词盘郁,可润金石,这实在不在战斗性之外"(《文字灵幻》)。余光中关于现代散文就曾有"弹性""密度""质料"说,其中"质料"就是指"构成全篇散文的个别的字或词的品质。这种品质几乎在先天上就决定了一篇散文的趣味甚至境界的高低"(《剪掉散文的辫子》)。对此伍立杨打过这样的比方,说一个文字粗鄙的作家,就像衣衫褴褛的裁缝,我们是无法相信他的。其实文字不只关涉作家的语言功底,因对字、词、句不同的连缀、驱遣、安排,更能体现出一种文体意义,而文体正是呈现作家"自家面目"的基本标志。伍立杨就是一个由重文字而及文体的文章家,形成了自己的文字特色和风格。他把文言、口语、欧式句法、诗文典故多种成分熔于一炉,巧妙地杂糅调和起来,古处极古,洋处极洋,雅致疏朗,清丽飘逸,仿佛梦中有神人遗他一支五色笔。文字在他那里,不只是导向智慧心情的津梁,本身还是一道可玩可赏的亮丽风景。

倘若说，有谁和寂寞的诗神结下了不解之缘，而他又因了种种因由，自愿住到深山中。在山坳里或行或止，听风的踪迹从荆棘林莽中穿过，不时有一种隐约的飘忽节奏，从他身边忽高忽低地掠过，宛如群峰把远方的音信带进芳馥的午昼一般，而思想呢，此时悠悠地从心里荡漾上来，如蜂的嗡嗡长鸣，要给山岚所蒙罩着深山空寂的氛围觅求永久不朽的旋律。(《寂寞》)

当年读它，未及弱冠，在教室里摊开此书，看南国紫荆怒放，胸臆蒙络一层难言的淡烟疏雨，它的思想促我睁开蒙眬的心眼，它的文采，又袭来美的气韵，今日思之，恍若隔世。(《赏析之书忧患之言》)

比喻的奇谲，想象的新鲜，长短句交叠曲折，骈俪文隐含暗契，古色古香，优美雅健，有时我们读他的随笔，尽可以不去理会他写的什么，单就文字本身，就让我们流连低回、醺然欲醉了。

伍立杨的文字精灵源于古文千年不灭的灵幻，他说："文字的灵幻和魔力绝大部分来自文言。"他特作《文字灵幻》一文，重祭文言大纛，其中得失自任人评说，但其可贵的理论勇气和文化责任都是毋庸置疑的。尤其是这种主张自五四新文化运动以来几乃仅见，在新儒学复兴的今天，自有其特别的意义，同时使他的随笔获得一种独立的审美特质可经时间的淘洗而临风不败。

(《名作欣赏》1998年第6期)

救赎或者放逐

——铁凝新作《大浴女》解读

《大浴女》的书名来自法国印象派大师塞尚的名画，它的象征意义即洗浴。它让人想到杨绛的《洗澡》，二者都涉及对灵魂的清洗，只不过一个是外部集体话语对个体的强力压迫，一个是复苏的生命意识对个体灵魂的自我拷问。

一切都源于一个叫尹小荃的两岁孩童的死亡事件，当这个女孩叉着两只小手扑进那口污水井时，作品中的女人们便都陷进了灵魂的沼泽地，苦苦挣扎，一生不休，由此展开或救赎或放逐的心灵历史。

尹小荃是一个私生女，她的美丽照见了她的母亲章妩的不洁，她的问世使作品中的人物关系陷入紧张和尴尬的境地。章妩、尹亦寻、唐医生、尹小帆、唐菲，微妙的内心变化、冲突和外部的较量由此展开。铁凝对人物的心理刻画和灵魂剖析细致入微，层层进逼，像一个执刀的外科医生锐利而冷峻。不管是纵向的历史岁月迁延，还是横向的从外省省城、京都到大洋彼岸的美国的现实空间转换，包括情节的发展，都成为铁凝做心灵分析的手术台。她将人的情感生活及命运"从普通地位提高到诗意体验的水平并使它获得表现,使读者充分意识到他通常回避忽略了的东西,从而更清晰、更深刻地洞察人的内心"(荣格《心理学与文学》)。尹小荃的生与死像一袭面纱的飘落,将人性中的"恶"暴露无遗,虽然几个女性程度不同地怀有负罪感,但人格结构和心理积淀的差异,沉降与上升,就有了不同的走向。

章妩在小说中是一个"母体",她连接了历史和现实,她孕育了尹小荃,也孕育了故事形成的全部心理基础。章妩是一个享乐主义者,关注身体比关注内心更强烈,所以她试图通过割眼皮、垫鼻梁、隆胸、买睫毛膏来改变形象,重塑自我,遗忘或减轻自己的罪孽,显得滑稽而可笑。一个人如果想仅仅依靠改善外部形象来救赎灵魂,无疑是担雪填井。

尹小跳和尹小帆是作品中的核心人物,她们是导致尹小荃死亡的"合谋",但因当时的行为方式不同,由此规定了她们后来的心理发展的迥异。尹小跳和尹小帆都对尹小荃的出生深为仇视,前者是因为尹小荃是母亲背叛父亲的孽障,后者则因为妹妹剥夺了她以往专宠的地位。童年时期尹小帆唯姐姐的马首是瞻,仇恨着姐姐的仇恨,心理的转变就源自尹小荃的死亡事件。当时两个人负责带妹妹玩,尹小荃耷着两只小手走向那口污水井,两个人看见后,站起来,两只手握在一起,尹小跳在尹小帆手上用了一下力,眼睁睁看着尹小荃从地面上消失了。多少年之后，尹小跳的这一用力成为她阻止尹小帆救人的"罪证"，尹小帆由此而占据了心理上的优势，开始了自我心灵的放逐。童年所受到的心灵创伤像一个癌细胞植于体内，随着岁月的增长而逐步扩散，成年之后加倍释放它的能量。她厌恶着一切，在大洋彼岸不断对亲人施虐，"爱"着姐姐的所爱，以抢夺姐姐的快乐为乐。她以折磨尹小跳来摆脱对尹小荃死亡事件的负罪感，淡化或者抹平"合谋者"的角色。

  而尹小跳的情感历程表明她走的是一条自我救赎之路。尹小荃之死成为她一直无法冰释的心理郁结，成为她的"罪恶"的一个可怕的记忆。这个记忆不断在她的心里扩大、膨胀，以致改变着她的人生轨道和命运。作品在写她的灵魂冲突和心理矛盾时，似剥茧抽丝，一层深一层，异常真实和冷酷，依稀带着血珠。尹小跳的心扉是敞开的，她的爱与恨无遮无掩，爱便热烈地爱，恨便执着地恨，她"消灭"尹小荃是在消灭罪恶的果实，同时更是在"消灭"一个无辜的活泼泼的生命，所以她在卸下沉重的心灵包袱的同时又肩上了永远的灵魂十字架。她自责、忏悔、内疚、反省，以此救赎自己不洁的灵魂。她帮助死后的唐菲寻找生父，其实她是在寻找一种生命的担当。遗弃生命与"消灭"生命一样是一种罪恶。她和陈在爱得如火如荼，但最终她放弃了这或许终生不会再有的爱情，因为自己获得的幸福如果建立在别人的痛苦之上，自己步入天堂而推别人下地狱，也同样是一种罪恶。小说最后，尹小跳与俞大声就生命意义的交谈大有深意,她相信对生命的尊重和对灵魂的"洗浴",是逼近生命本质提升灵魂质量的必然途径。

《大浴女》的整体故事架构并不复杂,可复述性也似乎有限,但它的细部却惊人的可观,异常的繁复和丰茂,十分诱人,使这部长于心理分析的小说具有很强的可读性。《大浴女》的出色之处在于它达到的人性深度和灵魂深度,它所展示的人性体验与咄咄逼人的心灵追问,足以让我们每一个读者在阅读过程中检点自己的人生历程,敞开心扉的暗角,接受阳光的抚慰和洗浴。

(《文汇报》2000 年 5 月 13 日)

在感性中捕捉生命的意蕴

——评彭程的散文创作

彭程是一个低调、内敛的人，虽然供职于媒体，却从不事张扬和炒作。他多年来一直对散文写作用情殊深，有数种集子问世，也曾被论者拉入"新文人"一族，但他从不刻意制造出天下争说、洛阳纸贵、大红大紫的一派"繁荣"景象，也不曾"千树万树梨花开"稿子漫天飞。他像一个道行沉厚功力极深的隐士高手，在静默中其实有大境界存焉，令人不由得想到老聃"大音希声"一类的话。他的写作似乎与外界的潮起潮涌云起云涌无涉，只按照自己的意愿、内心的需要以文字的方式完成与世界的对话，以实现生命的快乐和自足。他不是快手也不高产，但每出手必不凡，一篇是一篇，文字极为安稳和讲究，思想缜密而深远，每每读到都有一种让人眼前一亮的惊喜和阅读的愉悦。近些日子，我将彭程几本散文集和十几篇未及收入书中的新作通读了一遍，对他的散文的整体脉络和写作风格有了一个大体的感觉与认知。十年前我为彭程的第一本散文集《红草莓》写过一篇评论《在季节中寻找诗意》，我翻出这篇小文,有意思的是,写那篇文章时"正值隆冬时节",由于读彭程的文字,所以感觉"窗外的北风呜呜声也仿佛成了诗的吟哦"。而今还是在"隆冬时节",我感觉到了什么?我和彭程都是已届不惑的中年人了,已不复有五月红草莓鲜艳欲滴的青春意气,但在这个冬天,读彭程的散文,依然感觉到一种诗意的氤氲,只不过由盎然转为潜隐,由绚烂转为平淡,更多的是冬日围炉的暖意,安宁澄澈,绵远润泽,一任窗外的雪花一片一片地漫天飞舞,一任内心的思绪在脑海中来回奔走。

彭程有一篇散文深深刻在我的脑海里,叫作《感性的无限敞开》,不知何故,一提到彭程的散文我就想到这个用语。通读他的散文之后,我发现这个表述其实可以看作是作者的夫子自道,也是对彭程散文风格的一个很精当的概括。我曾经在《随笔文体谈辨》一文中这样区别散文和随笔:"把以叙事、抒情为主重在表达内心感受与生命体验的感性散文称为纯散文,把以议论、思辨为主重在表达文化意蕴和思想见解的知性散文称为随笔。"应该说,彭程的散文多属于感性散文,即使他有许多重在表达文化意蕴和思想见解的文章也掺杂了内心感受和生命体验,具有强烈的感性色彩,这是彭程和许多随笔写作者不同的地方。"感官彻底敞开,视觉、听觉、嗅觉、触觉,都发动起来,达到其功能的巅峰状态,去亲近、触摸所能遇到的一切声音、色彩、形体、质地,总之,一切可以感受到的事物。"这是彭程对安德烈·纪德《人间的食粮》的评说,也可以说是对"感性"一词最好的诠释，正可拿来证诸彭程的散文。在《周围》一文中，他写道："有两年的时间，我热衷于做一件事情，就是描绘对夏天的感受，记满了一个笔记本。我记录下有关这个季节的许多晴天和雨天各自的风景，清晨、正午、黄昏和深夜的种种画面。有许多地方，我的探测达到了工笔画般的精细，比如皮肤黏涩的触觉，风中树叶的闪光；比如响晴的日子和云彩淡薄的时辰，光与影呈现哪些变化；比如在烈日暴晒下，槐树和柳树的不同气味。我的感官耐心细致地触摸了季节的全部，从六月初到八月末，从少女的清新到少妇的丰润。"彭程是一个极敏感又细腻的人，对事物有着敏锐甚至是尖利的感受能力，他的身体仿佛装着一部高精确高灵敏的雷达，善于搜寻捕捉细微之处的生命信息，当我们的部分感官处于封闭状态时，他的神经末梢已全部打开了；当我们的感官全部张开时，他却能够发现事物间毫厘之间的差别。就像他能在烈日暴晒下嗅出槐树和柳树不同的气味，这种感觉来自他自身的体验而非书本或前人现成的经验。俄国形式主义批评家施克洛夫斯基说过："艺术之所以存在，就是为使人恢复对生活的感觉，就是为使人感受事物，使石头显出石头的质感。艺术的目的是要人感觉到事物，而不是仅仅知道事物。"（《作为技巧的艺术》）从这种意义上说，彭程的"感性的无限敞开"是对散文艺术本真的一种呼应和践行。

彭程是一个文人气、书卷气很浓的作家，所以把他归到

"新文人"行列大体不差。但细读彭程的散文文本,却会发现,他的骨子里的生命诉求,不是知识层面,不是形而上层面,而是生命自身,土地、原野、河流、季节等充满大自然气息的事物,他对这些事物有一种天然的亲近和痴恋。所以,生活在城市二十多年的他几乎没有写过诸如酒吧、迪厅、咖啡馆、游乐场等更具时尚现代气息的事物,他仍旧醉心于季节的变换,寻找着蝉鸣和鸟啼,寻找着生命源头的雪泥鸿爪、蛛丝马迹。所以,即使读书也能看出他的偏好,我们明白了他为什么喜欢梭罗的《瓦尔登湖》(《掬一捧清凉的瓦尔登湖水》),喜欢乔治·吉辛的《四季随笔》(《"哦,幸福的静默!"》),喜欢汉姆生的《大地的成长》(《土地的蕴涵》),喜欢法布尔的《昆虫记》(《昆虫之诗》),喜欢苏俄作家笔下的田野风情(《乡野的俄罗斯》),喜欢苇岸的《大地上的事情》(《回归大地》),他把不同年龄段读书所获得的不同的生命感受称作不同的"阅读的季节"……当然这不是彭程散文的全部。为什么会这样?彭程说:"人生的意义,就在于体验种种情感,在明与暗的交错中认识生命的本质。因此,对于大自然的观照和感受,也就是在同世界进行面对面的交谈,从中获得一种认识,一种感悟。"(《心灵对大自然的感应》)"为什么我的眼里常含泪水?因为我对这土地爱得深沉。"(艾青)从写作心理上讲,这跟彭程的童年情结有关,他从小生活在乡间,是大自然怀抱中成长起来的孩子,故园的一切美好的风景给他打下深刻的生命印痕，成为他的一种"乡愁的冲动"，他居住过的家园升格为他精神的家园。对于一个作家来讲，故土是一帧风景、一个记忆、一种物象，更是情感与心灵的寄托，往往成为写作的酵母。批评家楼肇明说："童年情结是一个作家艺术才能的始发站、定向舵和第一驱动力。"（《第十三位使徒》）这句话用在彭程身上十分恰切。

彭程的散文品质虽大多属于感性散文，但他却并不长于传统散文的叙事和抒情，不管他的作品取材于读书、旅游、见闻，还是身边的事情，常常是某一种生命感应触动了他的神经末梢，引发了他的创作冲动，然后从这一个点上沉潜下去，剥茧抽丝，条分缕析，直抵生命意义的内核。叙事仅仅是一种载体，他往往并不在此过多盘桓流连，故事常常是支离破碎的、吉光片羽的，他要获得的是完整的人生思考。但他很少做完全形而上的思辨，从概念到逻辑，从议论到说理，而是以活生生的感性方式呈现，把他的心灵感悟诉诸感官，这使得他的散文少了些艰涩滞重，多了些明了敞亮，"抓住每一个瞬间里异样的新奇，达到鲜活的生命体验"（《父母老去》）。通过父母的变老，感喟岁月的无情和时间的仓促，"父母的变老，是一个逐渐的、缓慢的过程，有如树木的颜色，自夏徂秋，在不经意间，由苍翠转为枯黄"（《急管繁弦》）。写中年到来突然产生的对时间的一种特殊的憬悟，"生命进行到中途，感觉骤然间提速了，好像一首曲子。由轻拢慢拨，转入急管繁弦"。这种在踏入不惑之年才深切感知的生命的匆促感，恐怕人人心里都有，但我们更多的人在岁月的河流中沉浮漂泊，颟顸愚钝，没有彭程的感觉这样尖锐、深刻、明晰。与《急管繁弦》相呼应的是《破碎》，前者感喟的是时间的匆促，后者则是表达在某一时间向度上生命状态的游移、偏离、无序，"不可承受之轻"。在这里，我不想进行过多的文本解读，只需再罗列几篇文章的篇名，你就会想象出他在做怎样的生命感悟：《物证》《独自品尝》《高处》《快乐墓地》《岁月河流上的码头》《生如蝼蚁》《也说苦难》《人似秋鸿》《走一走后楼梯》……彭程对生命意义的追寻从艺术上来讲有几个特点：第一，诉诸感觉，鲜活直接，如前所论；第二，不盲从人类集体经验意识，或让先人大师的思想在自己脑子里跑马，非从自己胸臆中流出不肯下笔，故常能察人所未见，道人所未道，自出机杼，睿智机敏，故读了彭程的散文后常有一种豁然领悟之感，像周作人打过的比方，如有鳞片从双眼层层脱落；第三，勇于直面生命中的种种尴尬、惶惑、凄怆、无助、苦难与死亡，对此他不做玄思，不做空想，不做参禅似的终极追问，诸如"我是谁""从哪里来""到哪里去"之类，对现实的人生困窘往往能提出可感可知的"拯救"良方，显示出达观积极的人生态度。

与彭程这种感性写作相吻合，他的散文语言摈弃了所谓"骸骨的迷恋"，而是"唯陈言之务去"，从对事物的感觉当中寻找最准确的语言表达，或者说，他非常讲究用最安妥的文字准确地传递他的生命信息和人生诉求。所以,读他的散文感觉其语言安稳、精美、传神。他喜欢妙喻取譬,意象繁密,文采郁郁,文字本身就给人以审美的快感。彭程有一篇《语言确立秩序》,可以看出他对语言方面的追求:"一个出色的写作者必定迷恋语言。天空,大地,花朵,石子,爱情,苦难……他早晚会仅仅为这些词语放射的力量所俘获,心甘情愿地沉溺其间。它们的美,它们的辽阔和幽深是自足的。它们源于实体而又超越实体,成为一种无穷的覆盖,达到了一种不会磨损的真实。"

一个散文家用感性的写作方式传达出沉厚的理性力量,这是彭程独特的艺术选择,也是他的功力所在。感性写作意味着写作者的生命状态是勃旺昂扬的,否则他的感官会衰微和遮蔽;感性写作还意味着写作者的感觉是异常灵敏尖锐的,能从蝴蝶翅膀的扇动嗅到风雨即将来临的气息,从细微处体察生命的差异,否则麻木淡漠的心灵无法领悟世界的大千气象。一位哲人说,只有感觉到的事物才能深刻地感知,信然。彭程的感性写作显示了他不同凡俗的才华,更显示了他沉郁醇厚的思想力度,这让人对他日后的写作有了充分的信心和期待。

(《文学界》2007年第7期)

网络小说的江湖规矩

——兼评长篇小说《首席医官》

网络文学在近些年的文坛地位大大抬升，出了一些影响力较大的作品，国家层面的评奖、座谈会都设有席位，可谓升堂入室，一登大雅之堂了。尤其是网络小说，先在网络上热炒，继之实体书热卖，在社会上的影响力、青年的拥趸粉丝数、经济上的收益额，都足令传统作家瞠乎其后，愧不能及。然而，对文学品质的考量，从来不是以粉丝多少、销量多大为标准，不管是传统文学还是网络文学，都必须遵循文学基本的审美原则和创作规律，否则只能归到非文学范畴。遗憾的是，为数不少的网络文学，遵循的不是文学原则和规律，而是商业原则和规律，特别是隐隐形成了一套独属于网络的江湖规矩，又以纯文学的面目出现，给青年的文学观念带来混乱，杀伤力不可小视。我最近读到的《首席医官》便是这样一部典型的网络小说。

这部长篇小说长达十三卷（本），四百多万字，真可谓鸿篇巨制了。这在我的阅读史上绝对破了纪录。我看的是纸质书,但其实它是一部网络小说,许多读者是在网络上阅读的。我没有在网上读书的习惯,却有一个专事网络写作的朋友,他自称"大神",在聊天中透露了一些网络写作的江湖规矩,这在《首席医官》中得到了很好的印证。

其一,人物形象"全能超"。所谓"全能超",即指天赋异禀,能力超强,无所不能。

在当代文学史上,作家浩然在长篇小说《金光大道》中塑造了一个"高大全"的人物形象,被当作虚假人物的典型成为文学理论的标靶。"高大全"是小说主人公高大泉的谐音,后来被泛指作者在塑造这类人物时不是按照生活的本来面目和逻辑,而是主题先行,面壁虚构,按照领导的旨意和所谓的"三突出"创作原则(在所有人物中突出正面人物,在正面人物中突出英雄人物,在英雄人物中突出主要英雄人物),脱离实际,硬性拔高,形象高大,全面正确,不食人间烟火,没有七情六欲。这类人物是木偶泥塑,没有多少人的气息,只是政治的符号。

如今,这样虚假的"高大全"式人物已遭到历史的尘封,在文学作品中很少见到了。但读了《首席医官》后,感到"高大全"式人物借尸还魂并且升级换代了!从"高大全"升级到"全能超"!如果说"高大全"是完人、非人,那么,"全能超"则是超人、神人。

作品的主人公叫曾毅,医科大学的一位毕业生,爷爷曾文甫曾是一名神秘的医术高超的小镇中医，已经去世。曾毅服膺"中医医人，大医医国"的信条，走入仕途，凭着高超绝妙、无人能及的中医医术，治好了许多高官大佬，结下了宽广的人脉，积累了雄厚的背景，加上头脑清醒、能力超群、纵横捭阖、所向披靡，打败了无数对手，短短几年，从一个开门诊的个体户，成为进入体制的官员，再从副科级县卫生局副局长起步，历任县招商局局长，市开发区副主任、主任，京城医院院长助理，县长，市农委主任，公安局局长，副市长，海监东海分局副局长等，不到三十岁就升到了副厅级。

在作者笔下，年轻的曾毅不仅是传奇，简直就是一个"全能超人"！

我们且看作者是如何塑造这个超人的。

先说"全"。曾毅出场的时候二十四岁，大学刚毕业，即使写到最后，他也不到三十岁。他的家世很简单，父母早逝，跟着爷爷长大，但故事开始时爷爷也已去世，也就是说，曾毅是孤儿。但是老天却赋予他无所不知无所不能的通天本领。他奇特高妙、超凡绝尘的本领贯穿始终，也是他立足立世的看家本事；他武功高强，书中也没交代他懂何种拳术，何时练功，但功夫却与中央首长顶级警卫不分伯仲；他书法精湛，他的字连国内最著名的书法大师都自叹不如，一生酷爱书法、自视甚高的老首长乔老花费数月精心准备了一幅字拟献给老领导，但看了曾毅的书法后，毅然将自己的字扔进纸篓里；他棋艺不凡，与精于此道的老首长翟老对弈，常逼得翟老悔棋、赖棋；他懂经济，一个将军茶富了一个县，在商界呼风唤雨，应者云集；他会当官，虽然年轻，却深谙官道，老成持重，游刃有余，虽然不停调换岗位，但都能在最短时间内迅速打开局面，政绩斐然，出乎其类拔乎其萃……

再说"能"。曾毅能力之强、能量之大每每让人瞠目结舌，难以置信。作品写了大量的医学案例，把曾毅送上了"神医"的神坛。曾毅治好了许多老首长的病，把他们从死神手中夺了回来，原先给老首长们治疗的均是国内顶级专家，却都束手无策，毫无办法，而曾毅一出手，一搭脉，一开方，立马见效，三剂痊愈，人称"曾三剂"。还有一次，曾毅不用药，只用一碗酸辣汤就治好了一位老首长的病，在老干部中广为流传，又称他"酸辣汤同志"。更为神奇的是，曾毅用一杯茶就治好了英国女王的重病。就连韩国的企业大亨得了食管癌，也被曾毅治好了。闻名世界的美国律师，双腿面临截肢，美国专家已没有任何办法，却在曾毅手中痊愈了。在小说中，曾毅不仅是中国水平最高的医生，而且放在世界也无人出其右，妙手回春，起死回生。精神病、癌症、产后出血、心脏病、儿科、创伤、正骨、男科、疑难杂症等，凡是病，在曾毅这儿都不是事。这等神医，恐怕连扁鹊、华佗都会瞠乎其后、自愧不如吧。而这名神医却并不在医院工作，而是一名官员！作为一名官员，曾毅也具有点石成金的本领，只要他想做的事，似乎天上的星星也能摘下来！省委书记的想法不如他高明，甚至要依仗他的门路升迁；省长与他斗法，都得败下阵来。凡是与他较劲、作对的人，不管是高官还是商人、公子哥，无一不败得很惨，乖乖臣服。即使孙猴子有那么大的神通，也有被压在五指山下、戴上紧箍的时候，盖世英雄关羽也有走麦城的时候，被鲁迅讥为"状诸葛之多智而近妖"的足智多谋的典型诸葛亮也有街亭之失，可是，曾毅，一个二十多岁的小伙子却如臂使指，腾挪自如，战无不胜，攻无不克，永远正确，从不犯错，怪不得书中一位老领导也称他"一贯正确同志"。这不是神话是什么？

如果上述的"全""能"还不够的话，还有更神的。老首长邱老战争年代身上留有一块弹片，一直没有做手术取出，因为位置重要，年老体衰频繁发作，容易危及生命，只能用针灸保守治疗。当世放眼国内能用七寸针的只有曾毅，于是我们的神医曾毅出场了。让人跌碎一地眼镜的是，曾毅居然搭了搭脉，就准确判断出弹片所在位置——第二第三肋骨之间，邱老的家人当时就惊叹曾毅有一双透视眼！作品中有一位老领导，身患癌症做了手术之后，几次被下了病危通知，已奄奄一息，命在旦夕，这时能救命的只有曾毅，唯有曾毅。曾毅被军用飞机秘密紧急接到京城，一番治疗，第二天老领导就谈笑风生了。曾毅的本事不仅通天，而且通神！作为一个二十多岁的青年，爱情在生命中应该占有极为重要的位置。小说中也写了几个女孩儿对曾毅的爱慕，但曾毅如老僧入定，心中难起一丝微澜，从来没有真正爱过任何一位女性。他曾在京城龙美心家门口站过三天，此番"疯狂"举动，不是爱情的驱动力，而是要为龙美心找回面子。没有爱恋，没有情话，没有亲昵，没有女人，这曾毅是铁打的，还是铜铸的？

上述我是分解来说的，其实是浑然一体，又全又能又神，可终究是一个虚假的神话。

《首席医官》是一部写实作品，是严格意义上的现实主义作品。不能否认，作者为了弘扬中医，为中医正名、张目，研读了大量中医典籍和经典案例，出现在小说中的案例并非完全违反医学常识的信口雌黄。作者在塑造曾毅这个人物时，也凸显了他鲜明的个性，不卑不亢，敢做敢当，有一次他作为市农委主任居然用自行车锁把市公安局局长的座驾锁在政府大院，也真实透露了他的少年心性和刁顽。但整体而言，这个"全能超"式的人物是虚假的。作者塑造人物的基本桥段是夸大和神化，无所不用其极，没有更好，只有最好。世界上任何一个人包括伟人都要经历挫折、失败、痛苦的过程，这是人成长的铁律，没有任何人可以避免。这也是生活的必然逻辑，不可违背，否则就是荒谬的神话。刘再复在他的《性格组合论》中指出，人性是非常复杂丰富的内心世界，性格是二重性甚至多重性的心理系统，那种扁平式的单一的人物描写，悖逆了人性的真实性和生活的真实性。新时期以来，作为一个读者和研究者，我阅读了大量的小说，不管艺术水准如何，在塑造人物方面，大多能够遵循生活规律和艺术规律，"高大全"式的人物早已成为作家们自觉规避的禁忌，遭到摒弃。如今曾毅这种比"高大全"更甚的"全能超"人物在我的阅读视野中绝对是绝无仅有的。

其二，主人公要年轻。曾毅出场时二十四岁，到最后也超不过三十岁，作者以他的年轻制造出种种神奇，这位在常人眼中"年轻得不像话"的人物完成了"不可能完成的任务"。甚至明明时间过去了三年，但曾毅好像吃了"定时丸"，只长到二十五岁，作者不惜"造假"模糊岁月不让人物增岁。作者为何执拗地坚持写他的年轻呢？我那个网络作家朋友也是一位畅销书作者，巧了，他的小说主人公也是二十四岁，我问他为什么这么写，他一语道破天机，这是网络写作的一种策略，因为读者多是二十多岁的年轻人，小说人物靠近他们的年龄容易满足他们意淫偶像的心理。作者为"80后"，他的年龄和网络写作经验使他深谙阅读者的心理需要以及网络写作的江湖规矩。但是，网络文学并非罔顾艺术规律的胡编乱造，就像20世纪六七十年代的"手抄本文学"一样，如果欲为主流文学所接受，就必须遵循文学的基本创作原则，否则只能成为流行一时的毫无艺术生命力的垃圾。话说回来，像曾毅这样年轻，如此"全能超"，是无法让人相信的，他的一切本领只能说是苍天赐予、天生就有，年轻读者只能是望洋兴叹，无法"心摹手追"，这样的偶像对读者有什么意义呢？如此说来，《首席医官》最大的噱头恰恰是它最大的败笔。更为严重的是，作品精心塑造的曾毅这个"全能超"形象，是对新时期以来形成的良好的文学观念的一种破坏，他的影响力越大，破坏力也就越严重。

其三，篇幅要长。以往我们读到的长篇小说，百万字绝对就是巨著了，像《红楼梦》《水浒传》《静静的顿河》《战争与和平》等小说是我看过的最长的作品了，但从字数上说只能是《首席医官》的小弟弟。即使擅长在报章连载拥趸无数的金庸，也要退避三舍。网络小说为何篇幅要巨长呢？当然首先是要满足读者的阅读需要了，让读者沉溺在作者虚拟的世界里五迷三道，最好一辈子不出来，自然是作家最大的心愿。其次，直白地说就是金钱的需要。按字数付酬，自然是越长越好了。据说，一个网络"大神"一天码字一万个，一年几十万的收入都是少说的。

(《长城文论丛刊》2017年第2期)

给文字以温煦的照拂

——读彭程《纸页上的足印》

多年来，每当读彭程新书前总有一种奇妙的感受，即需要静一静神，抚平心灵的皱褶，排除扰攘烦忧，然后进入阅读状态。彭程的写作是异常认真的，每一篇文章、每一个字都不肯敷衍凑合。通常来讲，作家的写作状态是有起伏的，质量也会有参差，但在彭程的书中好像找不到这种起伏和参差，他的每一篇文章都经得起考究，一篇是一篇。所以，对彭程的作品也必须认真阅读，至少对我来说，任何浏览、翻阅、粗读都是一种轻慢和不敬。

此次拿到他的新著《纸页上的足印》（人民出版社2017年1月版），依然是这种感觉。我找了一个大块的时间，仔细阅读，周遭突然安静下来，沉浸在彭程营造的书香世界里，有一种微醺的享受。据我所知，这本书应该是彭程除《镜子与容貌》之后第二本关于书的书。关于书的文字，可称之读书随笔，也可谓之"书话"，从古代"诗话""词话"拓来。现代书话以唐弢的《晦庵书话》为代表，主要是藏书家或作家以谈掌故、版本、逸事、序跋等为内容。20世纪90年代以来，中国文坛斜刺里杀出一种"新书话"文体，由彭程领衔。他对"新书话"专门有过一个学理上的界定："作为一种文体，读书随笔（新书话）也有自身独特的魅力和优势。相对于一般的随笔文字，它更多是围绕一本书或一类书展开话题，较之某些泛泛的抒情和议论，因为有所依傍而减少了空疏，显得更切实可触。同时，一本书在茫茫书海里被选中，被阅读，并且读后意犹未尽，必须诉诸文字而稍安，一定是因为书里的内容拨动了阅读者感受的心弦，引发了他的共鸣。那么，这样的文字，就不会是仅仅局限于复述、阐释原书，而是处处结合了作者自己的所感所思，浸润了他的心性魂魄，读后分明感到作者的脉搏。乍看谈论的是别人的书，其实表达的完全是自家心意。再者，和一般的书评不同，它并不担负对书籍作系统评论的任务，而完全从作者的心性出发，这就使得其在写法上大可随意，既可天马行空洋洋洒洒，亦可择其一点不及其余，舒卷自如，有流水行云之妙。另外，它的清醒的文体意识，对语言的强调，也使其避免了'言之无文，行而不远'的弊病。总之，散文的诸要素——情感、智性、文笔、趣味，在这一文体中都能得到良好的发育，其中的优秀之作，跻身最杰出的散文之列亦毫不逊色。"（《〈绿阶读书文丛〉总序》）彭程有着清醒的文体意识，也是成功的践行者。

《纸页上的足印》近三十万字，作者将内容大略分为四辑，我将其归纳为三个方面：一是如何读书，二是如何品书，三是如何写书。如果从哲学层面观之，则为本体论、认识论、方法论。这样说有点儿吓人，其实按照董桥的话说"文字是肉做的"，即文字有生命，有温度，有弹性。

彭程喜欢读书，也喜欢藏书。《书痴悔悟记》记述了他对藏书的痴迷已到了不可救药的程度，笔调幽默，让爱书人会心一笑。他的藏书有半万之数，家中六个书柜倚墙而立，顶天立地，而且床头、沙发扶手、卫生间等，触目所及全是书。古人说，丈夫拥书万卷，何假南面百城？藏书多固然让人歆羡，读书多才是根本。彭程的阅读量很大是出了名的，他自己说："会比不少写作者大，这点儿我有把握，因此就不谦虚了。"彭程素来是个矜持低调的人，能这么说，可见在阅读上他是多么自信。而且，如果在读书与写作之间做选择，他宁愿选择读书，当个"纯粹的读者"，因为书是他的"乐园"。彭程读书多，而且会读书，这才是他高迈的地方。《书读无须多》《让眼睛歇一口气 给大脑开足马力》《规避与选择》《读"无用"之书》《为什么不读经典》等文章，都彰显了他的读书观，总括起来大略有以下几点。一、要读经典。"因为经典总是关注那些具有根本和普遍意义的生存状态，它们构成了生活的基本框架，展现了生活背景上最广阔最朴素的底色。"二、读书务求精。郑板桥说："读书何必读五车，充塞胸中乱如麻。"要有选择，对好书不妨反复阅读。三、思考很重要。

"阅读而不思考，常常会造成思维空间的壅塞，阻断了思想气流穿行的通道，侵占了情感化育升腾的空间，当然也就难以点燃知识的柴薪，迸射出明亮的智慧火花。"四、中外书籍兼读。鲁迅曾告诫青年不要读中国书，某位作家称从来不看外国书，都不足为训，应该在人类的文化遗产中广泛汲取营养，才能拥有宽广的视域、博大的胸怀、深刻的思想。彭程此书的二、三辑就是对中外两方面书籍的品评。世有"藏书家"之名，却无"读书家"之称，以我来看，藏书家主要是版本家，属意的是孤本、善本、刻印、影印、线装、毛边等，而读书家属意的是书的内容，对人格的滋养和对灵魂的抚慰。从这点上说彭程是读书家或许是可以的吧。

彭程对书的评骘、欣赏是这部书最华彩的乐章，也是最能彰显"新书话"迷人魅力的地方。无疑，彭程对他所读的书的思想和艺术都有一个基本的价值判断，海量读书给他提供了许多参照与背景，使得他像庖丁解牛，切中肯綮；像老吏断狱，明察秋毫，不妄言，不夸饰，不溢美；如胡博士所倡"有一分证据说一分话"，准确公道，让人信服。这也是彭程多次被邀请当鲁奖茅奖评委的原因。从他所读的书目中可以看出，大凡小说、诗歌、散文、报告文学、传记、哲学、史学、杂记、文字学等皆在他的视野之内。这使他突破了某种拘囿和局限，触角无限敞开，获得了一种大格局、大眼界。但彭程不是职业评论家，他的品书不是完全的评论，而是借帆出海，借一点儿颜料开自己的染坊,掺入了自己的生命体验,延展了自己的思考。所以,他的品书,是诗性的、感性的,或者说理性的思考贯以才情的表达。如《散文织锦:用诗韵的丝线绣成——读〈鸟群〉》中有这样的文字:"读她的散文,你能够感觉到,即便在最为纵情沉湎、兴奋迷醉的瞬间,理性仍然大睁着警觉的双眼,监视着可能出现的忘形之举,并准备着随时予以制止。纷纭飞扬的感受,被理性整合驾驭,如同水流被纳入沟渠,其流动便有了方向,有了节制。"尝一脔而知全镬,窥一斑而见全豹,像这样才气逼人的诗性文字,在彭程的品书中可谓比比皆是。本是审美的文章自身也成了审美的对象,让人想起卞之琳那著名的诗句:"你站在桥上看风景,看风景人在楼上看你。"当然,才情依然是外在的,彭程书话作品最有价值的还是他的思考,一部作品的分量归根结底是思想的分量。关于诸如文化、历史、自然、道德、人性、生态、死亡等话题,彭程都会做一番深入的探究。对一般人视为畏途的逻辑与辩证,他却轻车熟路,滔滔汩汩,充分享受"思维的乐趣"。由于他的思考是建立在读某一本书的基础上,有所附丽,有所依傍,因此并无凌虚蹈空、艰深晦涩之感。

彭程在谈到自己如何写书时说:"自我评价的话,对写作还称得上认真。每一篇都下过不小功夫,题旨的提炼运思再三,在结构的布设、字句的把握、节奏的控制上,也都反复挑选、斟酌、比较,不肯敷衍。"(《追求"有难度的写作"》)

彭程是中国文坛最早提出"有难度的写作"的作家。给自己设置障碍,增加难度,犹如雄鹰搏击长空,越是风暴雨骤,就越来劲儿,生命感就越大气磅礴、酣畅淋漓。他的极度认真,使得在他的文章中,我们很难找到硬伤、瑕疵、语病,每一个字词都使用得合榫合卯、妥帖安稳,并且如同受到阳光温煦的照拂,呈现出一片丰饶葳蕤的原野。

值得特别指出的是,纵观彭程二十多年的写作,如果说有一个"中心思想"的话,窃以为应该是一直竭力对大自然的吟唱。这种大自然情结,在他大多数作品中都烙下了深刻的印痕,在这本书中仍然可以明显地看到这一点。如《灵魂在田园》《那一片土地上的神性》《带着驴子去天堂》《"探知人类与自然的和谐关系是诗人的领域"》《荒野与大学有着同等的重要性》等,那种对自然的深情,对生命的敬畏,对美的吟诵,一览无余。在生态文明成为五大文明之一的当今社会,这一"中心思想"日益凸显它的重大现实意义。彭程多次在文中提及海德格尔的名言"人诗意地栖居于大地之上",或许这是人类生存的终极目标。

彭程说:"阅读是一生的志业。"在他看来,读书是生命中最幸福的一件事情。

(《光明日报》2017 年 4 月 18 日)

校雠一本传记文学

几十年的编辑生涯让我形成了一个积习，眼睛里容不下沙子，视舛误为寇仇，读书但凡发现硬伤或错谬即如粥中见鼠屎、菜上落苍蝇，引起心理不适。现如今，无错不成书，图书出版也有万分之一的容错率，见怪不怪，"落花流水春去也"，随它去吧，别太不像话就行。但最近我就遇到了一部太不像话的传记文学，名叫《白居易传》，这部作品实在突破了我忍耐的底线，书咋可以这样写?!可以这样出?!不禁怒从心头起，"恶向胆边生"，给《白居易传》当一回校雠，罗列出来，请诸公围观。

1. 18页

不久后的一天，白季庚从徐州官所回到家中，带来书信一封，原来是在宣州溧水任县令的叔父白季康的来信。白居易打开信件，仔细阅读：季庚吾弟并夫人及诸侄：……弟在越中……兄白季康于宣州溧水。

看明白了吗？作者称白季康是白居易的叔父，但信里白季康既叫白居易的父亲"吾弟"，又自称为弟，白季康到底是白居易的叔父还是伯父？整个一团糨糊，难道中文也和英文一样，叔父和伯父是一个词，不必分得太清？反正我是蒙圈了。

2. 28页

白季康说："贤侄，京城人地生疏，米贵如油，房贵于金，可不是我们能住得起的地方。"白居易说："贤侄已做好了流浪京城的准备。到了京城，没有地方住，就以地为床，以天为被。"

此时，白居易已是弱冠之年的青年，老大不小了，却自称"贤侄"，他的圣贤书都白读了？连自谦都不懂？

3. 57页

李逢吉年过四十，圆脸方额，天庭饱满，鼻梁突兀，眼睛迥然有神，是一个精明强干、老成持重、左右逢圆之人，见白居易肯屈尊求于自己，于是也不计较他冒然拜访的唐突……

这段文字不长，却出现了三个明显的错字，"迥然"当为"炯然"，"左右逢圆"当为"左右逢源"，"冒然"当为"贸然"。书中类似的文字差错所在多有，如癣如疥，实在碍眼，余不一一。

4. 87页

> 元稹说："唐德宗刚刚驾崩，顺宗登基……"

元稹可以说"德宗"，因为"德宗"是皇帝死后的庙号，但不可以说"顺宗"，因为当朝皇帝还没死，怎么能够称他死后的庙号？活得不耐烦了？况且皇帝还没死，你就知道他的庙号了？岂有此理！

5. 109页

> 一次，白居易与陈鸿、王质夫、马造等人闲聊，陈鸿说："居易兄，你听说了吗？"

古人的名字有名有字，一般称呼对方不能直呼其名，要敬称其字，否则是为不恭，除非你是长辈。但这位陈鸿，既非白居易的长辈，又非其"闺蜜"，焉能称"居易兄"？叫"乐天兄"才是。书中凡是称白居易为兄的，几乎全是"居易兄"，看来不是一时笔误，这个常识作者真的不懂。还是这位陈鸿，竟然当面称白居易为"白某"："白某屡次场屋之文章，为天下读书人所传诵。"这真是大不敬了！现如今我们称某个犯罪嫌疑人为"×某",或自谦"×某",你当面称白居易为"白某",脑袋进水了,被驴踢了,还是叫门板夹了?

6. 109页

白居易也高兴地说:"实不相瞒,来周至出任周至尉,情绪落寞,没料在诸位的激发下,写出来《长恨歌》这首压轴之作,这是我最感欣慰的事情。"

何为"压轴"?这是一个戏曲术语,指一场折子戏演出中倒数第二个出场的剧目,《长恨歌》是诗不是戏,怎么出来个"压轴之作"?让人如坠云里雾里,不知所以。思之再三,恍然大悟,原来,这个"压轴之作"实为"压卷之作"之误。那么何为"压卷之作"?元人《唐诗鼓吹》云:"以柳子厚《登柳州城楼》诗,寘之篇首,此诗果足以压卷欤。"据此可知,压卷之作是指最好的、排在第一的作品。那么问题来了,这里将"压轴之作"改为"压卷之作"是否就合适了呢?依然不可!这首《长恨歌》是在所有唐诗中压卷,还是在白诗中压卷?不管压谁的卷,这话都不能由诗人自己说出,而是由别人评价,否则,诗人的脸皮得有多厚?

7. 123页

元稹赴京,与白居易共话离别二年情状,感慨万端,他们的友情日益厚重。由于都青春年少,刚步入朝廷不久,不觉都想着要趁早干出几件像样的事情来。

这一年是元和四年,公元809年,白居易三十七周岁,年近不惑,怎么还"青春年少"?莫非作者是按现今联合国制订的标准四十五岁以前都属于青年?按照这个逻辑,我们称一个四十五岁的人"青春年少",岂不眼镜跌碎了一地?

8. 216页

樊素说完坐在琴前,认真弹奏起来,她芊芊玉指,如葱之白,指法熟练,如行云流水。

"芊芊"是指草木茂盛之意,如范成大诗《劳畬耕》:"麦穗黄剪剪,豆苗绿芊芊。"樊素的手指像草木一样茂盛?不像话嘛。显然,"芊芊"应为"纤纤","纤纤"是指女子手指细长柔美,如《古诗十九首》云:"娥娥红粉妆,纤纤出素手。"

9. 235页,被贬谪的白居易回京,其夫人的二位兄长杨虞卿与杨汝士来家看望:

涕泪过后,白居易说:"虞卿兄,当年我凄怆出京,你骑马出城前来相送,令我和舍妹好生感动。"

白夫人是杨虞卿的妹妹，怎么白居易称自己老婆为"舍妹"呢？这"舍妹"应该是杨虞卿对白居易这么说才对。称对方的妹妹应该尊称为"令妹"，称自己婆姨应用谦辞"贱内""拙荆"等。

10. 239页

初回京师，一切都新奇有趣。白居易常常在散朝之后，或是闲暇之时，拜访故交旧友，这样，在他的周围，又逐渐聚集了一群正直的文人雅士，凝聚起一股正义的力量。白居易在这些人中堪称鹤立鸡群。

在这里，"鹤立鸡群"明显用词不当，白居易身边这些同道并非普通的等闲之辈，作者以鸡喻之，有伤大雅，缺乏尊重，白老先生如果在世也断不会首肯。如果用"领袖群伦"岂不皆大欢喜？

11. 248页，白居易在朝堂之上看到牛李两党互相攻讦，斷斷相争，哓哓不休，不识大体，罔顾国事，内心十分焦虑，开口相劝，结果：

白居易之言虽然铮铮，然听者渺渺。

"铮铮"是金属撞击发出的悦耳声音，作者是想说白居易的声音悦耳动听吗？当然不是，一位皤然老翁的声音定然不会太悦耳吧。有一个成语叫作"言者谆谆，听者藐藐"，这才是作者想要真正表达的意思。

12. 283 页

> 尽管天下人对元稹为相一片唏嘘之声，但白居易仍然希望，元稹既已为相，就要励精图治地辅助皇上……也才能平复天下人的质疑。

"唏嘘"是指哭泣后不自主地急促呼吸，抽搭，难道唐人表达不满情绪的方式，是哭得上不来气？

13. 289 页，白居易与好友元稹发生龃龉：

> 白居易说："你好自为之吧，恕我直言，贤弟已不是往日的贤弟了，阿弥陀佛。贤弟当政，吾当卸甲归田矣！"

众所周知，"解甲归田"是个成语，意指军人或将军脱下战袍，回家种田。白居易从未从军，即使退出官场，归隐山林，也不能用"解甲归田"一词，书中的这个"卸甲归田"又是一个什么东西？显然，作者把"解甲"的"解"（音 jiě）念成"卸"了，故而弄出一个莫名其妙的"卸甲归田"。

14. 309 页

  夏日，钱塘湖畔，人流涌动，人人挥汗如雨……白居易像普通百姓一样，担土筑堤，年过半百却不逊年轻小伙。……湖堤经过一年左右的修建，终于建成。这就是白堤，也称白公堤。

白堤，原名叫白沙堤，白居易在《钱塘湖春行》一诗中有诗句："最爱湖东行不足，绿杨阴里白沙堤。"可见该堤在白居易来杭州任职前就已存在，跟白居易没有任何关系。白居易在杭州的确修过一个堤，但在另一处，今已杳不可寻，这在学界已成定论。民间人云亦云则可，传记作者怎可不做任何考究，任意信口开河呢？即使是写历史小说，也不能在重要的史实方面虚构或篡改。

15. 364 页，白居易好友刘禹锡病逝：

  有一年轻后生陪同吊丧，此人生得风流蕴藉，格外引人注目，白居易一问，才知道是刘禹锡的门生温庭筠。

读了这一段，不禁哑然失笑。"风流蕴藉"指人俊逸潇洒、才华横溢，这个词若用在王维身上很恰当，如唐《集异记·王维》云："维风流蕴藉，语言谐戏，大为诸贵之所钦瞩。"因为王维颜值很高,是位美男子。它用在宋玉、李白等人身上亦可,独不能形容温庭筠,因为他有个绰号叫"温钟馗",是个有名的丑男。作者是不知道温庭筠相貌丑陋,还是不知道"风流蕴藉"是什么意思?

读完此书,必须承认,作者还是很有才气的,不然我也不会卒读。但是,一部书中出现如此多的硬伤和错谬,说明作者的学养实在有限,功底实在太薄。作者在序中说:"在创作此书的过程中,著者力求做到严谨,同时又望通俗晓畅、雅俗共赏。"作者可能真的"力求"了,但力有不逮,又奈若何?写古代文人传记或以之为题材写作小说,一个最基本的要求就是作者要有一定的学术素养和历史知识,否则,最好不要涉足此类体裁,免得出乖露丑、贻笑大方。我还特别想指出的是,一部书破绽百出,伤痕累累,出版社的编校者也难辞其咎,不以鲁鱼亥豕为意,难免灾梨祸枣,各种关口形同虚设,没有校雠的眼力和实力,不如干脆上街摆摊去!至此,不禁想起张中行、周振甫这样的前辈编辑,他们都是满腹经纶的大学者、大作家,令我侪高山仰止,他们的编辑功夫是如何修炼的?难道我们今天不能见贤思齐,只能徒做河伯之叹?

(《文学自由谈》2018年第3期)

一问知千秋

——读舒晋瑜《深度对话茅奖作家》

先释题：问，是作为记者的舒晋瑜的话语方式，访问，提问，实现与采访对象的对话；千秋，有时间的苍茫，更指茅奖作家的各有千秋，各具特色，异彩纷呈。

读过舒晋瑜的《说吧，从头说起》和《以笔为旗》，对这本《深度对话茅奖作家》（人民文学出版社 2018 年 1 月版）便有了深深的期待。作为一个新闻同行和业余文学写作者，我与舒晋瑜有更多的相同点，这让我比读一般的文学作品或评论更加兴致盎然。《深度对话茅奖作家》果然没有辜负我的一腔热望，我拿到手之后，便放下手头正读的书，一头扎进这本书里，感觉比读一部小说更来劲，更过瘾。而且读的过程还生出一种奇妙的感觉，哈，这些茅奖作家一个个排着队等候和我见面，读过了金宇澄，便想到，哦，苏童还在后面等着呢。

访问，即访谈，或对话。这种方式在新闻采访中很常见，用在文学上也属于评论的一种，但它比正经严肃的评论文章更随意，更活泼，更好看。这种对话体文字更像聊天，不必拘泥于一个主题、一部作品、一个事件，可以随风起势，漫无边际，收放自如。能达到这种效果，记者的"问"便显得异常关键。虽然素以提问犀利尖锐著称的意大利著名女记者法拉奇说，提问不是最重要的，采访对象的回答才是最重要的，但是，"问"肯定是打开对方心扉的钥匙，是走进对方心灵的津梁，是能让对方滔滔不绝的水龙头。所以，一个优秀的记者，提问最能体现他的专业性、技巧、艺术修养和智慧。

舒晋瑜在《深度对话茅奖作家》这部四十万字的书里，从茅奖第一届到第九届，共采访了三十一位茅奖作家和九位评委。她之所以能独出机杼地写出这样的书，主要归功于她专业精到的提问，而这些提问来源于她案头功课的精心准备和超人的阅读量。仅阅读这一项就让人惊奇和佩服，毕飞宇在序中说"她留给我最深的印象就是文本阅读"，这恐怕也是舒晋瑜给所有人最深的印象。把九届茅奖作家所有的获奖作品通读一遍，就需要花费很大的功夫，殊为不易，张炜的十卷本四百万字的《你在高原》让人望而生畏，就连有的茅奖评委都坦承只读了一部分，但是，舒晋瑜不仅通读了获奖作品，而且几乎穷尽茅奖作家所有的作品，这种海量的阅读有几人能做得到？而且，她的海量阅读还不是走马观花式的翻阅浏览，而是文本细读，从中探赜索隐，洞幽烛微，条分缕析，找出提问的线头，这种功夫真让人叹为观止！俗话说，术业有专攻。一般来讲，学者有自己喜爱并专门研究的对象，"红学"也罢，"金学"也罢,成为某位作家的研究专家,甚至终身只在一部书上发掘开凿、钩剔爬梳,研究者可以有选择,而舒晋瑜却选择了无选择。这些茅奖作家风格各异,题材繁杂,不见得都是她喜欢的,我敢肯定,这里边一定有她硬着头皮啃下来的。正如王安石在《游褒禅山记》里云:"世之奇伟、瑰怪,非常之观,常在于险远,而人之所罕至焉,故非有志者不能至也。"舒晋瑜可以说完成了一次不可能完成的任务,在国内文学记者中唯一人而已。

我与舒晋瑜至今缘悭一面,只通过几次电话,她声音柔柔的,软软的,韩石山称她为留守家园的小妹。文如其人,她的提问从来都是老朋友聊天似的,亲切,柔和,家常,从不尖锐犀利,咄咄逼人。法拉奇说,她每一次采访都像一场战斗。舒晋瑜面对的是作家,循循善诱、和风细雨就好,无须战斗。这是舒晋瑜作为记者的风格,也是她的优势。舒晋瑜在对话三十一位茅奖作家时,提的问题,除了在得知获奖时刻的心情这一问题统一设问外,其余全是一对一的有针对性的提问。她除了谈作家获茅奖的作品,还几乎把作家创作历程中的重要作品一网打尽。譬如,对话贾平凹一文中,就涉及他的《极花》《高兴》《带灯》《古炉》《老生》《废都》《秦腔》《天气》《浮躁》《高老庄》等十几部作品,从贾平凹早期遭遇退稿到流派思潮、艺术手法等多方面探讨交流。看一段舒晋瑜的提问:"作品中的人物(指《极花》),无论是买了蝴蝶的黑亮,还是被拐的蝴蝶、砦米，竟没有一个人物特别令人生厌。看到后来，连我也爱上了这个村子，虽然它贫穷愚昧，却有让人割舍不断的东西。作品让人思考农村的凋敝，思考文明的社会仍然有如此荒唐野蛮的诸多事件发生，却没有激愤和尖刻。您在写作的时候，是否也超越了苦难本身？是以怎样的心态写作？"如果没有对作品的深入思考是无法提出这个问题的。在舒晋瑜问到好作品的大致标准的时候，贾平凹说了一句我以为十分精彩经典的话："我个人觉得如果一个作品出来，不会写小说的人读了产生他也能写的念头，而会写小说的人读了，又产生这样的小说他写不了的念头，那么这个作品就好了。"这么精彩的观点源于舒晋瑜的催发，功劳有一半得记在舒晋瑜头上吧。对话中不仅是谈作品，我还注意到，舒晋瑜连作家的一些生活嗜好都了解，比如凌力爱看动画片，如此细致入微的关照，知音般的懂得，哪个作家还不肯敞开心扉侃侃而谈呢？

茅奖是中国文学的最高奖，代表了中国文学的最高水平，如果没有对这些获奖作家及作品有较为深入的研究和思考，是无法完成"深度对话"的。舒晋瑜不仅是阅读者、访问者，更是研究者，她有自己的文学观和思想，所以她赢得了茅奖作家们的尊重和信赖。舒晋瑜的研究既有宏观的贯穿性的视野，有"史"的眼光，也有具体而微的文本细读。从茅奖本身看，自其肇始至今已有近四十年，庶几囊括了一部新时期文学史，从时代主题到创作方法，从艺术流派到审美趣味，都有一个发展流变的过程；从作家本人来看，从初涉文坛甚至从屡遭退稿开始，到渐趋成熟的一步一步积累，再到获得茅奖达到个人写作生涯的顶峰，舒晋瑜对此的研究提问，帮助作家极为精要地钩沉梳理了个人写作简史。从文本细读看，则避免了研究者的粗疏、轻率和大而不当，能够从细节入手搔到作家的痒处与痛点，进而引领作家在某个问题上剥茧抽丝、层层深入，把问题谈透说穿。比如，她在和阿来的对话中说："您是一个特别讲究语言的作家。这次在《瞻对》中的写作，语言风格和以往大不相同。如果是希望在史实和严谨方面胜出，可是又有比如'皇帝愤怒了，就要办人''皇帝想'这样的措辞。"这已经细致到具体语句了。如此，在舒晋瑜的访问对话中，每一位作家的总体创作风格、审美特点以及文学观念都得到了清晰鲜明的呈现和凸显。而且，作家不同的性格性情、表达方式也生动地得以展示。比如，刘震云是一个特别擅长讲故事的作家，喜欢"绕"，并且幽默风趣，他与舒晋瑜的对话和别人不同，几乎也是用讲故事的方式完成的。当舒晋瑜问他获奖时的感受时，他说，当时正在菜市场买菜，正犹豫是买茄子还是买西红柿，听人打电话说茅奖奖金不菲，就决定买贵一点儿的西红柿。读此，不禁令人莞尔。

《深度对话茅奖作家》这部书，在体例上由采访手记、对话作家、采访评委三部分组成。我还特别欣赏她的采访手记，这部分充分展露了她的文学才华，诗意流淌，才情迸发，雅意氤氲，她把评论性的文字用诗性的语言来表述，使原本理性的东西变得感性生动、丰饶鲜亮起来。如她这样写迟子建："想象在她美丽而亲切的故乡，她坐在书房里，享受窗外的山，享受月夜下泛着银色光泽的河流。她投入地写作，非常舒展，那种幸福感洋溢在她的笔尖和纸端，也洋溢在她写完后的放松。"这样优美的文字充盈在她的每一篇采访手记里，完全可以当作美文来读。

这部《深度对话茅奖作家》具有独特的价值，其一，它提供了一份新时期长篇小说创作研究的重要史料和参考资料，评论家白烨称之是长篇崛起的一份"档案"；其二，提供了一种融新闻性与文学性为一体、记者与作家共同参与的深度评论文本样本；其三，提供了一份访问对话类新闻文体的范式。这样说，当并不过誉，我以为舒晋瑜是当得起的。

（《中国文化报》2018年6月21日，《山西文学》2018年第7期）

在后花园读古诗

——读潘向黎《梅边消息》

读潘向黎的《梅边消息》(北京十月文艺出版社 2018 年 8 月版),眼前浮现出一帧美丽的剪影:一个端庄清雅的淑女,坐在后花园的亭子里,品香茗,读古诗,花香袭人,风雅至极。也不禁让我想起知堂在《喝茶》中说的一句话:"得半日之闲,可抵十年的尘梦。"

《梅边消息》可谓潘向黎读古诗的心灵读本,她用散文化的笔触让现实的阳光照进古代的诗行,千余年的时空霎时拉近,原来我们和古人的心竟是相通的,也可心心相印。家学渊源,文学博士,"私淑"顾随先生,这些使得她在古诗的游弋中喷溅出的那些珠玉一般璀璨的观点,都有深厚的学养垫着底儿。有趣,深情,精致,有力,这是《梅边消息》读后留给我的四点突出印象。

这是一本有趣的书。读之有一种兴会淋漓、沉醉其中之感,绝无一般"学术"著作的枯燥乏味。《杜甫埋伏在中年等我》可以视为一篇散文佳作,写学者父亲如何喜欢杜甫,而上大学时年轻的"我"却相反。甚至当深夜父亲在客厅还在吟诵杜诗时,"我"会打断,说:"妈妈睡了,你和杜甫都轻一点儿。"读到这儿,我不禁莞尔一笑,真是有趣、俏皮,如果只说"妈妈睡了,你轻一点儿",就很平常,加上"杜甫",一下就"文学"了,就有味道了。直到三十多岁,有一天潘向黎无意重读了杜甫的《赠卫八处士》,"就在那个秋天的黄昏,读完这首诗,我流下了眼泪,我甚至没有觉得我心酸我感慨,眼泪就流下来了。奇怪,我从未为无数次击节的李白、王维流过眼泪,却在那一天,独自为杜甫流下了眼泪。却原来,杜甫的诗不动声色地埋伏在中年里等我,等我风尘仆仆地进入中年,等我懂得人世的冷和暖,来到那一天"。这种心灵的感知和遇合,深刻地揭示了读书与境遇、年龄、遭际、阅历等潜在的对应关系,令人心有戚戚焉。《白居易的色彩》列举了多首白诗,色彩浓艳,甚至大红大绿,作者先正面分析白居易这样写的理由,最后的结论旁逸斜出:白居易患有眼病!"这样的眼睛恐怕只能看到明确、强烈、火爆的颜色,清淡、柔和、微妙的颜色根本无从欣赏,什么中间色、渐变色,一律免谈。""可怜的白居易,哪里分得清什么深红和浅红?"《做韩愈的朋友》选取了一个有趣的话题,在李白和韩愈之间选一个做朋友,选谁呢?作者"毫不犹豫"地选韩愈。为什么呢?因为李白不太重视情义,朋友入诗者寥寥,而在韩愈诗中,写进了大量的朋友。《有趣如何不丈夫》写韩愈的怕热(体肥)、掉牙,《看唐人如何度夏》《"木樨蒸"引出"芙蓉煎"》《寒露啜茗时》等文都活色生香,情趣盎然,十分接地气。

这是一本深情的书。潘向黎非专业学者,所以不需要客观、理性,喜欢谁就是谁,在这本书中充分显示出了她的个性,不仅深情,甚至痴绝。比如她喜欢李商隐,年轻时喜欢,进入中年依旧,她对曹雪芹不喜欢李商隐甚至让他笔下的林黛玉也不喜欢李商隐颇不能释怀;而对顾随所谓"若令举一首诗为中国诗之代表,可举义山《锦瑟》。若不了解此诗,即不了解中国诗"的评价,"让我心满意足,几乎想浮一大白"(《读顾随札记》);《学李贺、仿韩愈、肖杜甫,但成为李商隐》一文,更是不吝赞词,深情揄扬,"如此不凡身手,不但令人惊叹,堪称空前绝后"。又进一步感叹道:"真正的天才,倾心前贤,潜心追摹,悉心揣摩,苦心经营,使自己的艺术之树根系扎得更深,伸得更远,吸取了更丰厚的养分,终于开出了自己的一树繁花。这一树花,朵朵都是李义山,都是玉谿生。"因为李商隐,还因为顾随先生的诗论,潘向黎隆重地向我们推出了一个陌生的诗人韩偓。他是李商隐的外甥,曾被姨父以"雏凤清于老凤声"予以称赏期许。顾随一语惊人:"假如说晚唐还有两个大诗人,还得首推李、韩。"韩偓凭什么挤掉杜牧的座席呢?只是因为四句诗:"菊露凄罗幕,梨霜恻锦衾。此生终独宿,到死誓相寻。"(《别绪》)后两句简直就是咬牙切齿写出来的一种对爱的追求的痴绝。在潘向黎看来,中国爱情诗多写过去时，重思念、忆往，而这首诗罕见地写出对未来的追求。所以，潘向黎热烈地赞叹："这样的人，那稀世之璧，已经在他怀中。这样的人，一生最光荣的战役，已经赢了。"

这是一本精致的书。说"精致"，不只是说装帧精致，文字精致，更主要是说生活态度的精致。出入于经典之中，流连于雅致之间，往往容易有"出尘"之想，导入不食人间烟火一途。其实这是读书的误区。读经典，能进得去，出得来，才是高手。在北京举办的《梅边消息》新书发布会，主题就是"读古诗，做现代生活家"。潘向黎特别喜欢韦应物，书中有五篇是写他的，"他是一个在现实生活里把自己安顿得比较好的人，我喜欢他首先是这一点"。真正的大作家都是热爱生活、富有人间烟火气的人，比如苏东坡就发明制作了至今流传的"东坡肉""东坡羹"，张岱精于茶道，袁枚居然写出《随园食单》成为为厨者的经典，等等。潘向黎简介中有一项是"资深茶友"，书中多篇文章自然离不开谈茶，"爱茶又爱诗，读了无数茶诗"。她从苏东坡的诗句"乳瓯十分满，人世真局促"中感悟到饮茶的意义："不是因为百般功用，不是因为千般风雅，而是这种在短暂的人生、局促的人世中找到片刻自在的感觉。"(《人世真局促》) 这句话和前述知堂的喝茶高论有异曲同工之妙。说到底，读古诗，和现实生活发生关联才有意思，才是读通了，读透了。正是在这一点上，《梅边消息》才让人觉得可亲、可爱，潘向黎精致、雅致的生活才令人神往。

这是一本有力的书。需要指出的是，潘向黎的精致，却不是一般女性作者的纤巧、婉约、柔弱，她的文字是有力的。或许是读唐诗久了，浸淫了其博大、雄伟的气象，她的精致里边含蕴着大的格局、大的眼光，有一股磅礴有力的真气。所以，她喜欢高适的英雄气魄，喜欢岑参的盛唐气象，喜欢韩愈的"掀雷决电，戛戛独造"，喜欢"诗豪"刘禹锡的旷达和英迈。从她对韩偓诗句"此生终独宿，到死誓相寻"赞叹其"真美""真有力"，可以看出，她的审美态度是既喜欢美，又喜欢有力。潘向黎在《龙共虎 应声裂》里充满了对爱国英雄辛弃疾、陈亮的热情赞美，文章最后这样写道："他们是我们民族骨中的钙，水里的盐。他们活得闪闪发光，那种光芒照彻史书、灼人魂魄。时代彻底辜负了他们，但他们却照亮了苟且晦暗的时代。遂令八百年之后，我们还惊叹于那种光芒。"这样的文字有十足的硬度。

《梅边消息》书名源自宋人杨守《八声甘州》："问梅边消息有还无，似微笑应人。"一般人对此词较为陌生，潘向黎却信手拈来，可见她对古诗词的熟稔程度。在此，问梅边传来何种消息？答曰：是馨香和雅韵，是诗意和美好。

(《中国艺术报》2018年12月12日)

《应物兄》求疵

李洱写了十三年、写坏三台电脑、几次从头写起的八十余万字的长篇小说《应物兄》,甫一问世,便获得文坛一片"交口称赞",诸如"百科全书式的作品""新《围城》升级版"等桂冠一一加冕。2018年底的各种文学排行榜,《应物兄》均赫然在列,有时还位于榜首。我甚至听一个朋友说,这部小说将来有望获得茅盾文学奖。在这种赫赫扬扬的情势下,你再不读《应物兄》,简直就有些不好意思了。自然而然,我对这部作品充满了期待。

我读《应物兄》读得很慢,几乎花了一个月的时间。托尔斯泰一百二十万字的《战争与和平》,我读了一个半月,可见我是以读经典的态度来读《应物兄》的。我是多么渴望有一部描写知识分子生活的"新《围城》"出现,所以,读得很认真,也很细致。

必须承认,李洱的学识学养令我钦佩不已,儒学、道学、佛学、哲学、生物学、环境学、建筑学、社会学、堪舆学等,各种学科的知识在作品中不是炫技而是融会贯通,信手拈来,称其是"百科全书式"的小说当不为过。许多知识点让人大长知识，饶有兴味。譬如，犬和狗的区别："严格说来，即便在生物学意义上，'犬'和'狗'也是不一样的。《说文解字》说得很清楚，'犬，狗之有悬蹄者也。'犬有五趾，与人一样，而狗只有四趾。犬的第五趾平时悬着，不着地，只有在奔跑或者搏击的时候，第五趾才会派上用场。"再譬如，中国古代最早是把"鸳鸯"比作兄弟的，"南朝萧统主编的《文选》里面，就有'昔为鸳和鸯，今为参与辰'之句。晋人郑丰有一首诗叫《鸳鸯》，写的是陆机、陆云兄弟。"怎么样？是否觉得脑洞大开、颇受教益？反正作为一个读书人，这些知识点都易成为我的兴奋点，而且十步一楼，五步一阁，十分繁密，需驻足欣赏，这也是我读得慢的原因之一。但是，小说毕竟不是学术著作，"百科全书式"也不见得就是成功的标尺。可能是期望值太高，全书读完之后，我愣怔了半天，一丝失望失落的情绪慢慢在心头萦绕。凭我几十年来积累的阅读体验来看，实事求是地说，感觉《应物兄》没有像大家说得那么好，如果做一番"吹毛求疵"也是可以的。

"应物兄"取名有破绽

小说的名字来自主人公的名字。应物兄是济州大学的著名学者、儒学家，最初的名字叫"应小五"，他的初中老师朱山根将这个村娃的名字改为"应物",并写了一段话给他,由此不仅改变了他的名字,更是改变了他的命运。那段话是这样的:"圣人茂于人者,神明也。同于人者,五情也。神明茂,故能体冲和以通无;五情同,故不能无哀乐以应物。然则圣人之情,应物而无累于物者也。今以其无累,便谓不复应物,失之多矣。"书中注明,这段话源自晋代何劭的《王弼传》。他考研面试时将这段话一字不差地背给国学大师乔木先生,先生扇子一收,人也收了,他成为其弟子。那么,"应物"怎么就变成了"应物兄"呢?书中交代,应物将一部书稿交给了出版商季宗慈,季宗慈将书稿交给编辑时交代说:"这是应物兄的稿子,要认真校对。"书稿没有署名,编辑便将作者的名字随手填成了"应物兄"。或许作者写出版商将原来的书名《〈论语〉与当代人的精神处境》改成《孔子是条"丧家狗"》,将"应物"弄成"应物兄",是想表达世俗文化对高雅文化的侵扰和伤害,这意思不错,但桥段有点儿低劣,过于牵强,缺乏推敲,不够巧妙。应物作为一个学者,将书稿交给书商的时候没有署名?这怎么可能呢!如果说学生考试交了卷子却忘了写上名字,这倒是有可能的,但一位写作者著文,尤其是著书,竟然没有署名,那几乎是不可能发生的事情。应该说,《应物兄》通篇表现出学者式的严谨缜密,这是不是作者故意卖的破绽?我不这样认为。这就是李洱的一处疏漏,如果是书中一个普通的细节倒也罢了,因其是书名、主人公的名字，是全书的文眼所在，故此，这处疏漏就显得重大而不可原谅。

枝蔓繁密芜杂，人物众多纷乱，用力过于分散

《应物兄》的故事主干倒也清晰，讲述哈佛大学东亚系教授、著名儒学大师程济世先生晚年要叶落归根回家乡济州大学任教，围绕这一事件，以主人公应物兄（程先生是其在美访学时的导师）为故事的串联者，各色人物纷纷登场，诸种故事纷纷上演，形形色色，光怪陆离。八十余万字的巨大篇幅，显示出作品是一种宏大叙事，暴露了作者的"凌云壮志"，试图描绘出一幅涵盖深广的当代社会知识分子众生相。但是，作品在沿着主干推动故事情节发展的过程中，时常旁逸斜出，枝枝蔓蔓繁密芜杂，给人以密不透风之感。据作者自己说，原来曾写到了二百万字，后来删到八十多万字，充分说明作者的写作计划太庞大了，即使做了大幅删减，仍然呈现出芜杂纷乱之状。小说看到一多半了，许多人物的故事好像才起了个头。在形式上，全书分为一百零一节，每一节以本节的第一句话或几个字为标题，节与节之间没有另起一页，没有留白，而是只空两行以作间隔。这样的形式貌似新颖，我以为如果是中短篇小说则无妨，但作为巨幅长篇，就难免给人以没有精心

结构、失之随意之感，好像写到哪儿算哪儿，如山涧水流随物赋形了。尤其是情节枝蔓繁密，推进较慢，加上知识量太大，堪称海量，再采取这样的叙事方式，实在是令人透不过气来。有人评价说，这是一部让人无法读完的小说，此话虽然有些夸大，但也不能不说的确有几分道理。

有人统计，《应物兄》共写了七十多个人物。作为长篇小说，人物众多不是问题，但用力过于平均、分散，造成许多人物形象的塑造面目模糊、性格漫漶，就白白浪费了笔墨。小说的核心人物程济世本该浓墨重彩，但正面直接的描写只有两次，即应物兄赴美面谒程先生，及程先生回国在清华大学演讲，其余都是侧面描写，穿插在别人的故事里，一鳞半爪，点点滴滴。在小说中应该占据重要位置的报社老总编麦荞、桃都山总裁铁梳子、应物兄的妻子乔姗姗，正面出场的次数也是寥寥。电台的两个女主持人朗月和清风，只不过作为道具而出现——朗月跟应物兄上过两次床，而清风干脆没有露过脸，只说她做了陈董的妍头。何为、芸娘、双林、双渐、唐风、文德斯、文德能、郑树森、章学栋、张明亮、侯为贵、费边、汪居常、胡珂、聂许、张子房、小颜、小尼采、窦思齐、杨双长……除了栾庭玉、葛道宏、乔木等几个人写得比较充分外，上面列出的人物名单，读过作品的人，你能记得住谁是何种身份？什么性格？有什么故事？反正我是读完作品之后就记不清了，这些名字还是为了写这篇文章从书中现翻找的。作为一部长篇小说，当然要线索多、人物多、故事多，但是总得有主有次、有详有略、有繁有简吧？平均用力的结果就是增加了篇幅，反而冲淡了对主要人物的刻画，次要人物也模糊不清。有句富含哲理的话，"追两兔者并失之"，就是这个道理。其实，即使次要人物，不需要过多笔墨也是能够写活的。譬如《红楼梦》中的焦大就是一个不起眼的小人物，作者对他的描写几乎就是一个场景，喝醉之后大骂贾家除了门前的石狮子外没有干净的了，"爬灰的爬灰，养小叔子的养小叔子"，然后被小厮塞了一嘴马粪。够简单的吧，但凡读过《红楼梦》的人都会对焦大留下极为深刻的印象。《应物兄》想把每个人物都写好，但提炼不够，剪裁不当，笔力不逮，结果刻画的人物读者大多记不住，那就说明是不成功的。《红楼梦》"披阅十载，增删五次"，《应物兄》写了十三年，用坏三台电脑，也是历经增删，辛苦异常，然而，刻画人物的功力不足，尽管有"百科全书式"的深厚学养，还是无法写成经典。做学问和写小说是两回事。拿《应物兄》与《红楼梦》相比较，可能不够公平，那么不是有人称之是新《围城》的升级版吗？与钱锺书先生的《围城》比比又如何呢？窃以为，从语言、结构、表现手法到人物塑造，《应物兄》都有所不及，更遑论"升级"了。

主要人物都患有一种"道德瑕疵症"

在对人物评价的问题上，我从来反对"唯道德论"，非常赞成马克思在道德评价和历史评价上坚持历史评价优先的立场。尤其在文学描写上，破除"高大全"的束缚，人物有一些道德上的瑕疵，反而使人物更人性化，更真实，更可信，更有血有肉。但《应物兄》却有些特殊，因为这部小说写的主要人物都是儒学家或有关的知识界精英，而儒学家应该是最讲道德的，如果满口"仁义道德"，却满肚子"男盗女娼"，岂不是成了伪道学、假正经？然而，李洱所写的这些人物恰恰都有道德瑕疵。如果说，作者这样写是一种反讽，意在揭露一些儒学家的虚伪与道德沦陷，具有现实批判精神，或者是为了刻画人性的深度，当然没有问题，但如果都是一种模式，都患有一种"道德瑕疵症"，那就有问题了。作品的主要人物程济世、应物兄、黄兴、栾庭玉、葛道宏、董松龄、吴镇等或在婚姻上或在男女问题上都存在瑕疵。

比如程济世，作为闻名于世的儒学大师，给弟子黄兴另起名为子贡，在清华大学演讲只安排七十二个座位，给人以当代孔子之感。可是，这样一个欲做圣人的大师君子却有一个私生子，那是和美女学者谭淳发生了一夜情所致，而八年后方知真相，给儿子取名程刚笃。这一夜情是怎样发生的呢？程济世在香港出席新亚书院成立三十五周年纪念活动，应邀做了一次学术演讲：《和谐，作为一种方法论和世界观》。他是用英语演讲的，担任翻译的是"肌肤若冰雪，绰约若处子"的美女谭淳。后来为表示答谢，程先生请谭淳和负责全程陪同的蒯子朋吃了一次饭。在饭后闲谈中，他误认为谭淳的性爱经验一定非常丰富，这天晚上，他们就住到了一起。恋爱中的单身男女在婚前发生性关系，有爱托底，与道德无涉。然而，程先生与谭淳并非恋爱关系，而且，程先生是把谭淳看成一个很随便的女人才与之上床的。这便有了"狎邪"的成分。他对谭淳根本没有爱和尊重，所以，完事之后便抛之脑后，以至于七年之后再到香港讲学，见到谭淳完全想不起她是谁了。

再如我们的应物兄，婚姻生活是不幸福的，妻子乔姗姗年轻的时候就出轨，后来两个人长期分居。乔姗姗性情暴戾、乖张，高度自我，令应物兄不堪忍受。于是，应物兄在电台主持人朗月的诱惑下两次陷入迷狂。值得说明的是，应物兄与朗月之间算不得情人关系，他们根本没有情爱，只是肉体之欢，尽管他是半被动的，事后感觉"龌龊""糟透了"……

《论语》中有一个"子见南子"的故事："子见南子，子路不说。夫子矢之曰：'予所否者，天厌之！天厌之！'"说孔子去卫国拜见了美丽妩媚、名声不佳的卫夫人南子，子路不高兴了，孔子发誓说，如果我做了见不得人的事，天打五雷轰！天打五雷轰！这个故事《史记》也有记载。孔子对《诗经》

的评价是"一言以蔽之,思无邪",对写男女之情的《关雎》的评价是"乐而不淫,哀而不伤"。这都说明我们的至圣先师在男女关系问题上是有规矩有要求的,就是要纯正,不做过分出格的事。在《应物兄》中,如果作为一个个体,在道德上有瑕疵,怎么写都是可以的,但偏偏是研究儒学的大师学者或有关的知识界精英集体性道德迷失,就不免叫人心生不解和困惑。当今之世,随着孔子学院在全球各地广泛建立,儒学已如春风化雨,影响日盛,《应物兄》显然与这个大背景是相吻合的。闻名世界的儒学大师程济世先生除在香港、内地讲学外,还想叶落归根,回到家乡济州大学执教,受到济州大学的热烈欢迎,并专门成立了太和儒学研究院,以使儒学在当代发扬光大。作者对儒学、孔学有深入的研究,各种经典句子信手拈来,没有对儒学的热爱和痴迷,绝对是做不到的。从整部作品的主旨来看,作者显然是想全面传播儒学精髓,弘扬儒家精神,以艺术的形式推动儒学的当代化。但是,作者如此描写他笔下的儒学家,纵然表现了人性的复杂和多面性,然而,岂不是"播下龙种,收获的却是跳蚤"?意图与效果岂不是弄得拧巴了?

前不久有人在报纸上发文,批评文坛的"交口称赞"现象,我深以为然,暗暗跷起大拇指。一部作品问世之后,读者、评论家产生不同的意见、不同的评价,好处说好,坏处说坏,本是一件再正常不过的事情,"交口称赞"反而是不正常的，与文学的进步繁荣无益。本文是本人读了《应物兄》的真实感受，作为一个自由的阅读者，只是想自由地发表个人的意见，不想故作惊人之语，也不想随声附和谁。我想，对一部作品"众说纷纭"也是题中应有之义吧。

(《文学自由谈》2019年第2期)

作者爱上了传主

近两年，我阅读了不少传记文学作品，尤其是唐代诗人的传记。有三点收益。一是比较详细地了解了诗人生平，知晓某一首名诗是在什么背景下产生的，这无疑让我对诗的理解更深，就好比以前读诗是孤立的，只看到了花朵，而现在是全面的，不仅看到了整株花树，还看到了哪朵花开在哪一枝上。二是借此温习了大量的诗篇，"诗读百遍，其义自见"，而且结合着故事读，有趣多了。三是熟知了唐代的历史脉络。我们把唐代分为初唐、盛唐、中唐、晚唐四个时期，是依据诗歌划分的，这是任何朝代都没有的现象。以前一说唐，就光辉得耀眼，读过数部中晚唐诗人传记之后才发现，嚯，黑幕一撩，毛骨悚然。

读的传记多了，我还有一个重大发现，那就是许多作者对自己的传主一往情深，好似他就是自己家人、亲戚一样，长期的研读、浸淫、投入，让作者对传主产生了感情，甚至爱上了传主。因此，出现在作者笔端的传主，多是一副光鲜亮丽的正面形象，即使史有定论其有不可回避的污点，作者也会曲意回护,甚至避而不谈,假装不知。应该说,这个现象绝非孤例,这也几乎是传记文学普遍存在的问题。班固在《汉书·司马迁传》中如此评价司马迁:"其文直,其事核,不虚美,不隐恶。"这也是传记文学应该遵循的基本原则,可许多传记文学恰恰违反了这个原则。

最近我读了一本《半缘修道半缘君——元稹诗传》(赵悦辉著,现代出版社,2018年6月版。以下简称《元稹诗传》),作者是一位女性。此书可谓"作者爱上传主"的典型之作。如果作者爱上了传主,那么你还指望这本书会真实可信、公正客观吗?本文借斑窥豹,从这本《元稹诗传》一睹传记文学在这方面的症结所在。

通篇充斥溢美之词,
对传主涂脂抹粉,不吝唱赞

为了说明这一点,我们先看看这个元稹的真实面目。

元稹(779—831),字微之,中唐著名诗人,系北魏鲜卑族拓跋氏后裔,改汉姓为元。他与白居易、张籍等开创了新乐府运动,广有诗名,宫中嫔妃以他的诗为乐曲,人称"元才子"。"曾经沧海难为水,除却巫山不是云""诚知此恨人人有,贫贱夫妻百事哀""白头宫女在,闲话说玄宗"等名诗句,均出自元稹笔下。他最有名的作品是传奇《莺莺传》(又名《会真记》），元代王实甫的名剧《西厢记》即源于此作。元稹与白居易交厚，世人以"元白"并称。我一度不解，元稹比白居易小七岁，诗歌成就也远逊于白，世人为何称二人为"元白"，把元稹放在前边？后稍加琢磨便明白了，元稹曾官至宰相，比白居易官大啊。然而，宰相这个官职非但没有给元稹增誉，反而成为其一生最大的污点。因为，他是靠勾结宦官才爬上高位的，故"诏下之日，朝野无不轻笑之"（《旧唐书》）。历史这样评价他："信道不坚，乃丧所守。附宦贵得宰相，居位才三月罢。晚弥沮丧，加廉节不饰云。"（《新唐书》）"素无检，望轻，不为公议所右。"（《唐才子传》）

他一生劣迹斑斑，再举几例。

一、元稹的名作《莺莺传》是他的自传体小说。陈寅恪说："《莺莺传》为微之自叙之作，其所谓张生即微之之化名，此固无可疑。"（《元白诗笺证稿》）鲁迅说："《莺莺传》者，即叙张崔故事……元稹以张生自寓，述其亲历之境。"（《中国小说史略》）这个故事留下了一个成语"始乱终弃"。元稹为攀高枝，有利仕途，绝情地抛弃了曾西厢幽会云雨的痴情莺莺。这还不算，他在长安赶考时，将莺莺写给他的信以及玉环等信物在众人面前展示，并称莺莺是"妖孽"，"大凡天之所命尤物也，不妖其身，必妖其人"，"予之德不足以胜妖孽，是用忍情"。简直可恶至极，赤裸裸的流氓嘴脸。

二、据《唐语林》载，李贺年少成名，特别为韩愈所推崇。元稹明经及第后，拿着名刺拜访李贺。唐代有"三十老明经，五十少进士"之说，进士及第比明经及第难得多，所以，李贺对元稹有点儿瞧不上，让门人传话："你都明经及第了，找我何事？"令登门拜访的元稹吃了闭门羹，元稹因此怀恨在心。后来，元稹做了礼部侍郎，以李贺父亲名晋肃，并且"晋""进"同音，应避父讳为由，剥夺了李贺的进士资格，狠狠地报复了一把。睚眦必报，典型的小人行径。

三、据《唐才子传》载，诗人张祜经令狐楚推荐，将诗文三百首献给朝廷。皇上十分器重元稹，就咨询他，张祜这些作品怎么样。元稹看了以后说："张祜雕虫小巧，壮夫不为，若奖激太过，恐变陛下风教。""上颔之，由是寂寞而归。"元稹一句话，毁了张祜的大好前程。子曰"君子成人之美"，元稹之举显然非君子所为。张祜最脍炙人口的诗是《何满子》："故国三千里，深宫二十年。一声何满子，双泪落君前。"元稹也写过一首《何满子》，差张祜远甚。

对这么一个有才华有瑕玷的古代诗人，有确凿可信的史料，客观公正地加以梳理叙写就是。可是，《元稹诗传》的作者为这位风流才子所迷，下笔完全失去了准星，好词美词如廉价鲜花般大把抛撒，有一种非要拉我们一起膜拜元稹不可的劲头。"如果可以，元稹愿意用尽最后一丝力气去为黎民分忧……淡泊名利、宁静致远是灵魂的升华，那是可望而不可即的境界，是永恒的拥有，始终如一，大公无私，才是不忘初心不忘君。"呵呵,"大公无私""不忘初心"这样的词语都整上了。"这种最纯真、最宝贵的本性一直存在于元稹的身上,这是元稹心灵折射出的光辉,真诚,宝贵。元稹传递的是来自心底的仁慈,来自天性的善良。""伟大高尚的元稹,即使自己被陷害、被污蔑、被贬谪,仍然心系祖国,没有一点儿埋怨。无论走到哪里,都是一片赤诚,走在自己热爱的这片土地上。"看到这样的字眼儿,我们简直要把元稹和屈原等量齐观了。如此高绝的评价是否与上面胪列的事例太过于违和了?

对传主曲意回护,过度辩解,甚至于罔顾事实

元稹当上宰相源于他勾结宦官,正史、野史均有记载,《旧唐书》《新唐书》均白纸黑字,板上钉钉,这还有什么好说的?但作者非要推翻这个历史结论,想当然地认定"事实并非如此"。她给出的理由是:一、元稹结交宦官崔潭峻是因为元稹名气太大,崔潭峻喜欢诗歌,是元稹的粉丝,故崔潭峻将元稹的诗推荐给皇帝,引得皇帝欣赏,进而传召,那是崔的事,元稹对太监一向是厌恶的;二、元稹是一位"先天下之忧而忧,后天下之乐而乐"的"忠臣",所以,当上宰相是皇帝知人善任的结果;三、如果元稹是依靠宦官上的位,那怎会只当了三个月的宰相就被罢免了呢?四、唐穆宗当年能当上太

子，元稹从中起了一定的作用。

然而，这些理由完全是强词夺理，站不住脚。元稹和崔潭峻结交是稍前的事。元稹进入朝廷之后，和大权在握的知枢密宦官魏弘简成"刎颈之交"，这才是史书言其"附宦贵得宰相"的关键。但我们可爱的作者完全无视，在辩解时只说崔潭峻，不提魏弘简，而在另一处把魏弘简和元稹的勾结说成是"相友善"，因而"穆宗越发敬重"！至于元稹三个月被罢相，是因为他不断排挤打击平叛功臣裴度，唯恐裴度功高名震挤掉他的相位，从而被人利用，弄了个"刺度案"，引得皇帝震怒，被罢职贬黜。虽然他是冤枉的，但也是咎由自取。

元稹和李贺的故事，作者根据《唐语林》的记载，做了一番让人啼笑皆非的推演。说李贺少年成名，一首《雁门太守行》名扬天下，时在长安的元稹慕名前往李贺寓所拜访，却被李贺拒之门外。作者如此写道："元稹没有想到'知人知面不知心'，他心目中爱国忠贞、大公无私的前辈却是如此的高傲自大、刚愎自用。"天啊，元稹生于779年，李贺生于790年，元稹长李贺整整十一岁，怎么李贺反倒成了元稹的前辈？况且，李贺只活了二十六岁，一辈子都没机会给人当"前辈"。作者接着写道："虽未见李贺奇异的面孔，但元稹已想象得到其丑陋的内心。"作者为传主打抱不平已到了出离愤怒、匪夷所思的地步了，居然李贺的长相也有了原罪。平心而论，如果说李贺将元稹拒之门外，也只能说是年少轻狂，而后来元稹却以"父讳"为由断送了李贺一生的前程甚至生命，就是地道的小人做派，孰轻孰重，总得讲个公道吧。最后作者断然否定了《唐语林》的记载，认为是"肆意编排""中伤诬陷"。《唐语林》的作者是宋代的王谠，我想，这个王谠多亏是个古人，如果不幸生在当今，我们的作者难不成要将其诉诸法庭？

对于元稹，陈寅恪先生有一个综合评价："综其一生行迹，巧宦固不待言，而巧婚尤为可恶也。岂其多情哉？实多诈而已矣。"一部《莺莺传》将元稹钉在了负心男子始乱终弃的道德耻辱柱上，绝非什么才子风流可以遮掩的。基于后来元稹与女诗人薛涛、刘采春等人混乱的关系，称之为"渣男"一点儿也不为过。作为一名女性，作者确实对元稹在爱情婚姻上不负责任的行为有所批评，但整体而言，还是以原谅、理解、袒护为主。比如，书中有这样的句子："元稹和管儿（即莺莺——引者注），虽然最后没有在一起，心里留下了伤疤，是生命中一个无法弥补的遗憾，但是这世间'不如意事常八九'，只要曾经拥有，又岂在朝朝暮暮？真心实意地爱过，又何必追求地老天荒？"真是泣血可作桃花看，如果元稹九天有知，该抚掌大笑引为千古知己吧。

对传主不利的史料付之阙如，假装不存在

在唐代诗人中，元稹与白居易关系最为密切，合称"元白"。《唐才子传》云:"微之与白乐天最密,虽骨肉未至,爱慕之情,可欺金石,千里神交,若合符契,唱和之多,无逾二公者。"白居易自称:"金石胶漆,未足为喻,死生契阔者三十载,歌诗唱和者九百章,播于人间。"元稹死后,白居易写诗,写祭文,写墓志铭,以种种方式怀念这位老朋友,情深意笃,让人感动。《元稹诗传》当然对二人的友谊不吝浓墨重彩加以描述,在此不赘述。

但元白二人之间曾经交恶,产生龃龉,本书却丝毫没有提及,我倒是在另一本《白居易传》里读到了这一章节。世界上再好的朋友也会因各种原因发生矛盾,这原本是很正常的事,是非曲直自有公断,况且,元白后来也达成谅解,和好如初,将密切的友谊贯穿一生。那么,本书作者为何要隐讳这一段历史呢?其实很简单,元白龃龉的原因是元稹的丑行连至交密友白居易都看不过去了。热爱传主的作者把这一页墨写的历史涂成了白纸。从另一角度说,元白交恶恰恰表现了白居易的高洁大义,同样热爱传主的《白居易传》的作者岂肯放过这一笔?

事情是这样的:当朝的裴度是朝廷的股肱之臣,在平叛中战功赫赫,在朝在野极有人望。元稹为爬上宰相高位,唯恐裴度对自己构成威胁,故处处掣肘,排挤打压,与裴度的矛盾达到水火不容的地步。裴度曾一日三次上疏弹劾元稹勾结宦官、祸乱朝廷。尽管元稹最终还是如愿当上宰相,却因"刺度案",宝座尚未坐热就被罢免。皇帝各打五十大板,裴度同时也遭贬谪。白居易身为朝廷大臣,洞若观火,他并未因"刺度案"是被人诬陷而原谅元稹,认为他罪有应得,而站在国家社稷角度讲,裴度被贬,完全是冤枉的。在这种情况下,白居易写了一封《谏请不用奸臣表》上疏皇帝,弹劾元稹,为裴度抱屈,直斥元稹为"奸臣"!其中有这样的句子:"矫诈乱邪,实元稹之过,朝廷俱恶,卿士同怨。""今天下钦度者多,奉稹者少,陛下不念其功,何忍信其奸臣之论?况裴度有平蔡之功,元稹有嚣轩之过。""臣素与元稹至交,不欲发明,伏以大臣沉屈,不利于国,方断往日之交,以存国章之政。"(《全唐文》)白居易不因私废公,坚持公平正义,赢得朝野一片赞叹。《新唐书》评价白居易云:"呜呼,居易其贤哉!"

元白知音,千古佳话,不分彼此,息息相通,确属不易。但在事关大是大非的原则问题上,两个人的人品、格局、胸襟见出了高下分野。

当然不可否认,关于《谏请不用奸臣表》一文存在争议,有人认为并非白居易所作,是有人伪造的,理由也是元白二人好了一辈子,白居易怎么会上表弹劾元稹呢?如果真是这样,《元稹诗传》更应该为之一辩。无论如何,这件事关涉重大,作者是不应回避的。

综上,溢美、回护、掩恶,可谓传记文学最易犯的三种错误,其根子即作者爱上传主所致。作为一个研究主体,每一位作者都难免在研究、阐发、写作过程中掺入个人情感、主观倾向，我认为这也是正常的事情，但是不能逾越一条红线，那就是不能违背最基本的历史事实，让历史成为任人打扮的小姑娘。传记文学虽然属于文学范畴，但由于所写的人物是真实存在的，那就必须遵循"真、信、活"（真实、可靠、生动）的原则，必须有一份为历史负责的严谨客观的态度，还历史和人物以本来面目。而作者爱上传主，无疑会出现狂热、迷乱、崇拜等非理性情感，从而丧失秉笔直书的"史笔"立场，这是传记文学的大忌。

（《文学自由谈》2019年第4期）

为一座百年大院立传

——读韩小蕙《协和大院》

多年以前,读过韩小蕙的散文《我的大院,我昔日的梦》,她对协和大院的描绘给人留下极为深刻的印象,一时传为美文名篇。有段文字这样写道:"……是一个典型的欧洲小世界:绿草如茵,中间高耸着巨型花坛。树影婆娑之间,是一条条翠柏簇拥着的石板路,通往若隐若现的一座座三层小洋楼。小楼全部为哥特式建筑,平台尖顶,米黄色大落地门窗,楼内诸陈设如壁炉、吊灯、百叶窗等全部来自欧美,外墙上爬满了茂盛的爬山虎……"没想到,这篇文章只是一个序曲,多年之后,韩小蕙二十五万字的《协和大院》(人民文学出版社2019年12月版)奏响了多声部的协和大院交响曲,百年沧桑尽收眼底,风云变幻悉数呈现,人物群像栩栩如生,动植物事绘声赋形,其纵深感、厚重感、命运感在作者亲历的视角下以细腻的笔触、生动的细节展现出来,犹如一部云谲波诡的连续大剧,传奇故事让人欲罢不能,那些医学大家的神采光华叫人心生向往,百年大院的兴盛衰微又令人五味杂陈。

《协和大院》共十八章,加上"代序"《我的大院,我昔日的梦》和"代跋"《绝唱》,拢共二十篇。这些篇章以散点透视法将协和大院的百年历史与方方面面描绘得穷形尽相、纤毫毕现。每一篇都具有相对的独立性,可当作单篇散文看,合起来则又有系统的整体性,可当作一部完整的传记文学。对,这部书可以视为作者给一座百年大院立的传,如司马迁所言:"网罗天下放失旧闻,略考其行事,综其终始,稽其成败兴坏之纪……"(《报任少卿书》)其史实、文学、思想的特点咸备于一体。协和大院是1917年伴随着协和医院的建立而修建的住宅大院,而今位于北京外交部街59号,是北京市文物保护单位。大院的主人自然是人,是那些名医大师,是那些干部,以及家属们,但大院的构成还有建筑、草坪、花园、树木、昆虫和鸟,这些自然和谐地组成一个整体世界出现在韩小蕙笔端。百余年并不算长,但历史的风云往往扑朔迷离,厘清辨析也需下一番硬功夫。作者扑进泛黄的历史故纸中,流连沉浸,钩稽爬梳,在文学的活泼表达中,亦充分追求科学的严谨性。尤其是韩小蕙写协和大院可谓近水楼台、得天独厚,因为她也是这个大院的主人之一,自1960年搬进大院,至今已有六十年。书中所述的大多数人和事都是她亲见、亲历、亲闻,如此,那些僵滞的材料和枯燥的医学术语就被激活了,带着作者个人的温度和眼光,跃跃如生地出现在读者面前。在我看来,韩小蕙是以立传的态度写协和大院,那么,就自然给这部书赋予了浓郁的"史"的品格，综其大略，可以说协和之医学史、教育史、建筑史的内涵尽在其中了。

为百年大院立传，当然主要是为大院主人立传。全书最珍贵的精彩华章都在这里，读的时候，令我屏声静气，恂恂如也。这个大院住的都是什么样的人物呢？书中前四章追溯了外交部街和协和医院、医学院的渊源，其风云激荡、曲折传奇的故事从历史深处款款走来。第五章描述了大院的建筑风格。第六章至第十章为重点名医大医塑像：第六章《协和大院一百年（名医篇）》，第七章《两位"华人第一长"》，第八章《三位大医女神》，第九章《四位世家子弟》，第十章《五位寒门大医》。有趣的是，不知作者是否有意为之，这几章的标题排序恰成"一二三四五"。作者将这些名医分为五代，而1949年至1966年的第二代，是"协和大院的灵魂人物"，作者以"医学大神"呼之，崇仰之情溢于言表。他们有李宗恩、林巧稚、吴蔚然、黄家驷等几十位，皆为某某学科的创始人、奠基人、开拓者等，在全国乃至世界都是一流的权威专家。由于协和大院是医生们的住宅区，故作者采取了一个真实的生活视角，以一个少儿的眼光写这些大医们生活中的一面，称呼也是"爷爷""奶奶""伯伯""阿姨"等。如称住在28号楼的林巧稚为"林奶奶"，"留在我脑中的永久印象，是心情愉快的林大夫绾着发髻，着一身合体的锦缎旗袍，领口处别一枚碎钻镶嵌的精致领花，从大门外飘然而入，停在花丛边上看她那些盛开的花……"再如，写名医梁植权："我从小就认识了这位'梁二爷'，他中等个儿，微胖，大脑门儿，谢顶，戴一副金丝眼镜，住在29号楼，是梁DN他爸，他的夫人是王婉明阿姨。由于他的低调，他家人的低调，我却一直到很晚才晓得他是院士，成就非凡。"作者按照名医们所居楼号一一细数，由衷发出敬佩的感叹之声："哦，真是伟大啊，声震中国及国际医学界的一代医学大神们，救治了无数病人的大医名医们，在大院里留下了辉煌身影的前辈们——向你们致敬！给你们鞠躬了！"

韩小蕙称这些名医们为"大神"，不仅写出了他们神乎其神的高超医术（如住大院43号楼的宋儒耀院长，患者面部长了一个紫色的巨型海绵状血管瘤，宋院长实施切除手术，仅用时五分钟），更写出了他们身上蕴含的伟岸的精神特质，令人崇仰膜拜。从韩小蕙的描述中，我深切体悟到了这些大医们如下精神内涵。一、文明。这些高级知识分子大多曾留学海外，是世界名校博士，将中西文明熔于一炉，代表了人类文明的最高形态。他们的言谈举止无不焕发出优雅迷人的风度风采，令人倾倒。这不仅是个人修养，还铸就了一代代协和人的精神气质。协和医学院第一任华人院长李宗恩，定了几条"私家规定"要求下属："走路声音要轻，说话声音要低，不允许穿硬底鞋，特别是绝对禁止高跟鞋；所有协和员工，不论是医生护士还是职员工人，上班时不许吃大蒜、韭菜，也不准抽烟。"

哈，苛刻吗？文明素养就在这点滴细节中。二、爱国。协和虽然最早为洋人所建，有浓郁的西方背景，大医们也接受过欧风美雨的吹拂洗礼，但他们都是"洋装穿在身，心依然是中国心"。不少人都是新中国成立之初，放弃国外优裕的工作生活条件，千方百计毅然归来报效祖国。赤子之心，矢志不渝。三、善良和奉献。唐代医圣孙思邈在《千金要方》中云："人命至重，有贵千金，一方济之，德逾于此。"救死扶伤从来都是医者的天职。书中记录了林巧稚的一件事令人难忘：1921年夏，林巧稚考协和医预科，最后一场是英语笔试，突然有一位女生中暑被抬出考场，林巧稚放下试卷就跑过去急救，导致试卷没有做完，她自己以为这回肯定落榜了。可是一个月后，她却接到了协和医学院的录取通知书。原来校方综合考察，认为她其他几科考得很好，尤其是宁可放弃考试也要救人正表现了医者所需要的善良品质和奉献精神。在大院里，他们作为名医随叫随到、乐于助人的事，在作者笔下多有描述。而他们大多寿至耄耋甚至期颐，正是"好人福报"的最好说明书。四、高贵。人格高贵，灵魂高贵。如作者眼中的张銮教授"张老爷子"："瘦，高，严峻，腰杆老是挺着，像一块行走的木板；头发花白，已见稀疏，但梳得一丝不乱；走在大院里，既不快，也不慢，从不跟人打招呼，只按照他自己的节奏行事。"这个描写非常具有象征意义。不管经历多少风雨、多少磨难，"腰杆老是挺着"，保持着知识分子的尊严和节操，那份宠辱不惊的淡然、坦然、超然闪烁出生命的异彩。还有严谨、求精、勤奋……这些精神特质形成了协和大院的灵魂和传统，成为异于其他诸多大院的旗帜和标识。

长期的写作使韩小蕙形成了自己的散文观，她曾提出"好散文"的十要素，其中前三点生命的激情、哲学的光芒和诗意的审美，"是不可或缺的因素"（《好散文的因素》）。她说"文章的烈焰必须用生命激情之火点燃"，这一点在韩小蕙的作品中似乎特别凸显，所以有论者称其散文创作为"生命书写"。在《协和大院》中，我们可以深切体味到作者的生命投入，无论是叙事、抒情还是思考，都可以看到作者沉浸其间的身影，她的情感（欢喜、赞叹、痛苦、忧愤）、性格、温度都表露无遗地跃然纸上。她是用生命的灌注写出了协和大院鲜活的生命情采，即使那些泛黄的故纸也溢出生命的馨香。因此，这部以传记体写成的散文作品，是一部生命书，那一尊尊知识分子群像不是石雕泥塑的，而是清晰透着纹路肌理、体温心跳、喜怒忧惧，闪耀着生动的个性的光彩；大院那些昆虫鸟类小小生灵在作者观照下也是那样生趣盎然、可爱迷人。也因此，用生命写就的书无疑是有生命力的，《协和大院》就是这样一部书。

（《博览群书》2020 年第 11 期）

呈现生活的毛细血管

——读凸凹长篇小说《京西逸民》

长篇小说《京西逸民》（北京日报出版社2020年7月版）是凸凹"京西三部曲"的收官之作。《京西之南》笔意在"史"，家族史、革命史、建设史及改革开放一脉贯之，彰显出鲜明的红色基调；《京西文脉》笔意在"文"，叙写了京西永定河流域的文化根系和文人群像；而《京西逸民》笔意在"民"，描写普通百姓的命运浮沉与人性幽微，直面当下乡村城市化进程中的种种矛盾冲突，反映了农村城市化的关键是人的现代化的重大主题。三部长篇，内容蕴意各有侧重，艺术表现各呈其姿，但有一个共同之处，就是作者把深情的目光投向了京西这块热土，以之作为文学的富矿深度挖掘，向福克纳构建"约克纳帕塔法世系"致敬，从而建立了他的"京西谱系"。凸凹在创作上有一个明确的志向："为乡土立传，为生民塑魂"，"让世界读懂了京西，就是读懂了乡土中国"。"京西三部曲"中，《京西逸民》通过别致的人物刻画和精心的艺术构思，给读者呈现了一个更具时代感、更在场、更及物的乡土中国。

"乡土中国"是社会学家费孝通先生提出的概念，认识中国就要深刻洞察乡村，即使我们已经处于超越农耕文明的新时代，依然如此。铁凝的《在全国新时代乡村题材创作会议上的讲话》指出："新时代的中国乡村，意味着乡土中国的现代转型，意味着如潮不息的城乡互动，折射出中国与世界的广泛联系，指向历史与未来的生成和运动。"新的时代，中国农村发生巨变，城镇化进程逐渐消弭了城乡之间的二元对立和巨大鸿沟，一切有关乡村牧歌式的或挽歌式的观念和描述都将被彻底颠覆与解构。任何作家如果沉湎于旧有的回忆和固化的乡愁里，无视眼下如潮不息的浪涌，那么，他写出来的作品无疑是与时代脱钩的、贫瘠的、无力的。只有深入生活，扎根人民，身入、心入、情入，立足现实，有强烈的参与意识和代入感，才能写出真实鲜活、深刻生动、与时代同频共振的力作。作家写乡村一般有两种视角，一种是返乡式，一种是本土式，凸凹属于后者。他生在乡村，长在京西，几十年的浸润使他和脚下这块土地达成了深度的心灵默契，但他又摆脱了安泰式的被土地牵羁的局限，既能如鱼儿入水般自洽裕如，又能如鹰骛长空般地超拔高蹈。《京西逸民》围绕着城市化进程中土地腾退、旧城改造、拆迁回迁所出现的尖锐的矛盾纠葛和利益冲突，展开紧张而有序的叙事。作者既"挑事"——提出问题，又"办事"——解决问题，是生活的观察者、书写者，又是参与者。作品裸露出生活的毛细血管、纹路肌理，纤毫毕现，这种与现实毫无疏离感、违和感的写作，让我们感到了在场和及物。同时，也让我们看到了现代化进程中无法回避的复杂性和艰巨性。

塑造典型环境中的典型人物，是现实主义创作的传统，经过多年的迷惘与反思，它终于再度被文学界所承认，一部小说能写出鲜活的让人记得住的人物，是多么重要。《京西逸民》一个成功之处，就是塑造了一个边缘人拾荒者绳子的形象，给当代文学画廊增添了一个独特别致的人物符号。绳子，大名史福云，他自己解释说，"捡破烂的什么最重要？就是绳子"，所以"绳子"的命名有符号化意义，也与人物身份相符，具有同构的关系。绳子这个拾荒者与众不同，他爱读书，且读的是些高雅深奥的书，如《费尔巴哈哲学论文选》《鲁迅杂文选》等。他当年考上了大学，却因儿时的错误在政审中被刷下，但读书的习惯保留了下来。读书令他骨子里有一份浪漫、一份高贵，更有高于常人的识见和眼光，成为捡破烂儿的哲学家。他之所以沦为拾荒者，是主动的选择，因为与大兰子的初恋和爱情，放弃了一切。但他不沉沦，不悲戚，反而从容与盈满，"唇红齿白，口气清爽，行走自如"。读书支撑了绳子的尊严，并且让他的灵魂得以升华，从尘埃里开出花来。他自己思忖："也真是的，怎么就偏偏把两种身份都集中到我一个人身上？既是捡破烂儿的，又是读书的。捡破烂儿的不可怕，再能捡，也只能是为活着而活着；一读书就不一样了，不仅自己活着，也关心别人活着。"低贱而又高贵，贫困而又富有，平凡而又奇崛，庸常而又智慧，这些看似矛盾两极的东西在绳子身上和谐共生。

老实说，我开始以为作者如此将拾荒者与读书人融为一体的写法是剑走偏锋的弄险，有一种捏了一把汗的疑虑和担忧。但随着故事的推进，绳子的形象逐渐丰满漾动起来，并且大放异彩，我释然了，认为这是一次成功的书写。说到底，是因为作者写出了绳子身上的时代性，他是一个新时代的农民拾荒者。我的疑虑来自脑子里残存着的对拾荒者旧有的僵滞的观念——为生活所迫，低贱、悲伤、麻木、肮脏。时代的巨变，使乡土中国迥异于昨日，发展的大潮裹挟了任何一个角落，拾荒者怎会还是旧日的模样？所以，绳子的形象不是作者强塞给读者的，而是符合生活逻辑的自然呈现。作者选择从拾荒者这一社会最底层人物着手，反映乡土中国的变化，恰恰使人们从高处看到了巨大的变革力量。绳子在拆迁回迁的矛盾斗争中，充分运用他在书籍中和民间获取的双重智慧和力量，帮助政府也帮助拆迁户解决了难题，他的"智能捡拾"也最终使他升级成了一家公司废品收购经营部的经理。这个形象充分说明，乡土中国的城市化进程，不只是外在的高楼林立、设施高端，人的现代化才是最重要的。

现代作家郁达夫曾说："文学作品，都是作家的自叙传。"

"作家的个性，是无论如何，总须在他的作品里头保留着的。"法国作家福楼拜也说过一句大家熟知的话："艾玛·包法利，就是我。"这些都旨在说明作者与人物内在的密切关系。应当指出，绳子这一人物形象，尽管是一个独立完整的存在，但还是可以从他身上窥探出作家的影子。绳子和作者一而二，二而一。作品甚至让"作家凸凹"现身了一下，但更多地隐藏在他精心塑造的人物身后。绳子拾荒者的一面，是作者叙写普通民众日常生活的入口，而绳子读书人的一面，又给作者借此直接嵌入自己的思考提供了渠道和出口。这些都反映了作者独特而又巧妙的艺术构思。费尔巴哈的"双重矫正"理论、罗曼·罗兰的《哥拉·布勒尼翁》、《曾文正公文集》等，成为作品推动情节发展的重要环节和思想武器。费尔巴哈的"双重矫正"论可谓作品的"魂"，有一种统摄和提升的重要作用。所谓"双重矫正"是说人类追求幸福的欲望受到内在和外在的双重矫正，第一，受到人类行为的自然后果的矫正；第二，受到人类行为的社会后果的矫正。《京西逸民》中的"双重矫正"，于道德层面上，作者对主要人物如绳子、白德臣等在道德水平和行为方式上予以矫正，从而趋善向好，人性的美从芜杂荆榛中冲脱出来，得以凸显升腾；于社会层面上，表现了城乡"双重矫正"的意义，即在新形势下乡村与城市之间的互动、生成、反拨，传统与现代之间的博弈、冲撞、重置。这些正是城市化进程中不容回避的深刻矛盾和重大课题。

凸凹的"京西三部曲"虽已完成，但我相信，他的"京西谱系"仍然是进行时态，还会不断添加新的动人乐章，因为变动不居的火热生活、如潮不息的新时代"乡土中国"依然在向他发出热烈的召唤。

(《光明日报》2021年2月10日)

刻画日常中的生命图谱

——评刘萌萌、刘云芳、唐棣散文新作

在河北青年作家群体中,刘萌萌、刘云芳、唐棣是引人瞩目、活跃度颇高的几个。前两位是散文创作的佼佼者,后者则是小说写作的新锐。刘萌萌和刘云芳分获第一届、第三届孙犁文学奖,我恰是那两届的评委,平时对她们的作品也多有关注;唐棣稍陌生些,但也略有所闻。此次"冀军新实力"集中推出三人的散文新作,既是实力的检阅,又是角逐的校场,手上绝活,看家本领,一一呈现。我作为一名看客,忍不住要喝一声彩。阅读的过程有一种冰河乍裂、春上枝头的兴奋和愉悦。刘萌萌的《褚兰花的消息》、刘云芳的《矿工的妻子》和唐棣的《哀歌的注脚》尽管都携带着个人的气息和印记,写作手法也不尽相同,但我发现了一个暗合之处,即散文小说化的叙事桥段成为大体相类的审美诉求,主题表现的倾向性更是出奇地一致,把笔触伸向日常生活的琐屑零碎之中,以缠绕着烟火气的笔调刻画普通百姓的生命图谱,从而揭橥那种神秘、模糊又充满无限可能性的命运本相。

在所有的文学体裁中，散文被称作最自由、最灵活、最包容的文体，秦牧曾以"海阔天空"喻之。除诗歌韵文外，散文是一切散行单句文体的母体。小说即从这个母体中分娩出的最强健的子体。"五四"以来将散文的边界明晰，以"散文小品""美文"加以界定，20世纪90年代又出现了"纯散文""艺术散文"的说法。剔除了原本属于散文范畴的门类，其结果使得散文过度"纯正"，失去了勃旺繁复的生命气象。近年我曾发表过一篇《散文，别太像散文》，对散文的纯粹化、程式化、范式化提出批评，提倡散文汲取别的艺术品种的养分来壮大自己的肌体。譬如史铁生的《我与地坛》，既像小说，又像散文，或者说既不像小说，又不像散文，对其体裁的归属判定似乎变得困难，但却公认它是一部杰出的文学作品。之所以出现这种文体边界模糊的情况，是因为散文写作中的"我"是一个标志性的存在，散文的真实性原则需要"我"的在场、亲历，至少是亲身体验或感受，但是，小说叙事也可以第一人称"我"来架构，这样，散文的"我"和小说的"我"就出现了"重合"，"我""我"难分了。当下文坛"跨文体"写作的趋向，打破了文体之间的人为沟堑壁垒，探索其融合的可能，越来越被更多的人首肯。正是在这种意义上，刘萌萌、刘云芳、唐棣三人的新作，不约而同地追求小说化的叙事美学，人物、故事、细节、场景、对话等元素样样不缺，虽然程度有异，艺术自觉的河水却汩汩流淌，这使得散文文本变得丰饶繁复,大大增强了主题表现力。

　　刘萌萌走进我的视野,是因为她的散文集《她日月》在河北省首届孙犁文学奖评选中脱颖而出。那时她还是一名新秀,小荷才露尖尖角,裹挟着一股新鲜的潮气扑面而来。刘萌萌的散文有一种不同于传统散文的异质,这些年她一直坚持着这种异质的写作,不疾不徐,不急不躁,这种耐心、平静显示了她的执拗和顽韧,却也创造了属于她自己的有辨识度的"调性"。刘萌萌擅长叙事,她的散文都是有故事的,但她的叙事不是传统的线性叙述、有头有尾、情节完整,而更像是在梦境中穿梭,支离破碎,迷离飘忽。如果说,她借鉴了小说的叙事方式,那也是先锋小说的叙事方式,而不是传统的写实小说的叙事方式。显然,她没有按照生活的自身逻辑推动她的书写,而是按照心灵的逻辑重建时空,主体意识十分强烈。甚至,她跳跃、零碎的叙述,也给读者派了活儿,调动自己的心灵感受,把刘萌萌留下的碎片、空白连缀、缝补起来,作者和读者从而达成合谋。德国文化哲学家卡西尔说过:"我们所有的人都模糊而朦胧地感到生活具有的无限的潜在的可能,它们默默地等待着被从蛰伏状态中唤起而进入意识的明亮而强烈的光照之中。不是感染力的程度而是强化和照亮的程度才是艺术之优劣的尺度。"这句话与托尔斯泰的感染力标准相对照,划清了现代美学与古典美学的界限。读刘萌萌的散文,如果试图被其情感的感染力催动得"潸然泪下",那八成要失望了,她支离破碎的冷静的叙事无法形成一波一波的冲击波,但她对人物命运的刻画,却对应了"破碎"的形式,令人生出无限的怅惘和忧思。

《褚兰花的消息》依然延续了刘萌萌惯常的小城故事、童年视角,开篇第一句就是:"褚兰花我是不陌生的。我才进小学读书的年纪,她轻快的脚步就走到我面前,走到我的家里来。"褚兰花是"我母亲"的同事、闺蜜,她年轻时中意的是"勤快、嘴甜、模样周正讨喜"的史班长,却被母亲逼嫁给"口拙心实"的国家工人老王。人生的错位导致了命运轨迹的迥异。"少年的史班长挑着水桶,颤悠悠从褚兰花家门前走过。"褚兰花"隔着门缝,看他,看呼扇呼扇的扁担,看两只悠荡的水桶,水面一漾一漾,清水洒在街上。颤悠悠的扁担,仿佛褚兰花颤颤摇摇的心思"。颤悠悠,这扁担的细节写得意味深长,审美对象化,物与心融为一体,互为表里。这个少年往事的补叙,像在中年妇人头上插了一朵鲜花,既美好又窘迫。"褚兰花的消息"是零碎的断续的庸常的,这正是人生的本来样貌,没有那么多的曲折离奇、大开大合的戏剧性。作为褚兰花小一辈的人,叙事者"我"对她的消息大多来自"母亲","母亲"在刘萌萌的散文中承担了潜在叙事者的重要角色。作品以褚兰花为轴心,叙写了多个人物:她的丈夫老王,儿子彬,女儿君;史班长和他的妻子儿女;"我"和父母。作品呈伞状结构或块状结构,勾画出不同的人物命运图谱。欢喜，悲伤，温暖，无奈，死亡，算计，憧憬，这些人间种种复杂婉曲的情感和经历交错呈现，作者在有限的篇幅和有节制的叙述中含蕴了丰富庞杂的"人间消息"，叙事有张力有弹性，密度大空间感也大，这是刘萌萌散文审美的独到之处。然而，刘萌萌也需要注意的是，如何做到零碎而不凌乱，跳跃而不跌落，迷离而不迷失，要把握好分寸感和掌控力。

刘云芳带着《父亲跟我去打工》一头闯入了文坛，令人眼睛为之一亮。至少对我来讲，是从这篇散文开始知道刘云芳的。这篇作品获得《散文选刊》孙犁散文奖双年奖，也成为刘云芳写作身份的一种符号。一个年轻女孩儿离开家乡到外省的城市闯荡、生活，然后把自己的经历写出来，这很容易让人贴上"打工文学"的标签。而且"打工文学"由于生活艰窘，缺乏底蕴，常常会昙花一现。然而，刘云芳打破了这个魔咒，也彻底粉碎了那个无形的标签，她的后劲儿十足，势头迅猛，写散文，写童话，朵朵鲜花装点着满园春色。我以为其中主要的原因，一是刘云芳极有天分，必须承认，"天分"这个东西对于文学写作实在太重要了；二是她有文学的自觉，也就是说她懂得如何处理生活中的素材。比如她说："我写过不少与父亲有关的题材，每一次，都因为亲情题材有同质化的倾向，不想再写，然而，终究还是又去写了新的内容。后来，我想，没有一种题材是绝对的坑，是不可以触碰的，关键是你怎么去写。怎么去写出自己独有的东西，这才是最重要的。"所以，故乡山村的人和事，城市的打工生活，就成为刘云芳创作取之不竭的两大富矿，即使同样的题材她也能从不同的角度和侧面切入，找到开掘的方向。刘云芳的散文，较之刘萌萌更纯粹些，叙事更为完整，人物更为集中，手法更为写实。如果也按借鉴小说来说，刘萌萌借鉴的是先锋小说，刘云芳借鉴的是新写实小说。如果说刘萌萌在文本中间氤氲着一层飘忽不定的云雾，那么，刘云芳的艺术天空则是月儿高悬。此处无意判定孰优孰劣，只是各有千秋，但都流淌着诗性的美。

《矿工的妻子》讲的是"我"表姐的故事。一个山村女人，矿工的妻子，丈夫在挖矿时死亡，被债务和生活的重荷压迫再嫁，为消解那种刻骨铭心的伤痛，搬离了村庄租住在小镇，干起了卖保健品的营生。一个人，时间跨度十几年，爱是痴的，人生态度却大变，从一个吃苦耐劳的农村妇女变成巧舌如簧的保健品推销员。经历过丈夫死亡、自己又自杀过的女人，苦难像大山一样压在她的身上，用生活抵抗命运的乖戾，用生命抵消生活的磨损。"这里被人们私自开采，处处都是矿洞，从悬崖上往下看，红色的残渣一直向下，像一道血色的瀑布。"这个镜像是作者的描摹，更是矿工妻子心灵底片上永远抹不掉的恐怖印记。作者是生活的观察者、体验者、书写者，也是参与者，"我"混迹其间，同人物同生共死，血脉相连，故深切、深刻、深入，毫无隔膜之感。"每年回乡，我还是会去看看她。父亲开着机动三轮车，下山、过河、再翻山，这一路要走上两三个小时。车身颠簸着，山石起伏，顶着枚太阳，像是这座山在颠乒乓球。"这个细节和比喻形象又新奇。作品结尾处这样写道："那天，三轮车一路颠簸着，把我的思绪颠成了细沙。再抬头，月亮已经端坐在山顶，我看它时，似乎整个世界都在颤抖。"三轮车颠簸，日月颠簸，终归是人生的颠簸，心灵的颠簸，颠簸也即颤抖。故乡和亲情，是所有散文写作者最容易触碰的题材，但也最容易滑向田园牧歌式的歌颂体怀念体泥淖，这几乎形成了一种流弊积习和写作套路。刘云芳对此有着清醒的认知并加以规避。她的散文写故乡亲情，深入生活的纹路肌理中，歌哭寒暖，喜怒哀乐，草木荣枯，一点一滴，都是自然的生发，本相的还原，不回避，不粉饰，不矫情，让我们看到了一个真实的乡村命运图景。她的散文不是一望无际的平原，而是峻峭的山地，重峦叠嶂，壑深峰起，逐渐构建属于自己的景观。需要指出的是，刘云芳的散文在如何将个体的经验提升至人类的经验方面，还有很大的空间。

唐棣的《哀歌的注脚》开头即写道："三十多岁离开村子的时候，故乡已沉入水下。"也就是说，故乡已不是原本意义上的"故"乡，它已经消失在水下了，它只是存活于作者心里和记忆中。这是一曲"哀歌"，本文即为之做的注脚。这便给作品奠定了一个既真实又虚拟的氛围和基调，你把它当作小说读也完全没有问题。作者又在文中说道："你看到的这篇文字中的'我'，和我唐棣本身，不可能百分之百重合。我可以保证在这些文字里，注入了情感和智力。这种情感和智力，光摸着脑袋想没用，我是摸着自己的心，一笔一画写出来的。"作者没有强调他的真实，而是强调他的真诚，而真诚是散文的最高原则——可以适当虚构，但必须真诚。唐棣是一个有艺术想法的作家，这篇作品在构思上显示了他的匠心，五个章节分别以"金木水火土"来标示。金木水火土被称作"五行"，是中国古代哲学的一种系统观，说明世界万物相生相克的相互关系。作者试图以这种古老的带有神秘色彩的哲学来构建他的乡村谱系，一一对应，尽可能地表现故乡人和事的多样性和丰富性，并隐喻大地物事的相生相克、生生不息。金，写故乡一对父子铁匠的故事，瘦儿子因为一个偷羊的陌生人说认识他，被愤怒的村民莫名其妙地打死了；木，写一个木匠的故事，他不爱说话，却为了捍卫妻子和自己的荣誉与谁都怕的赖头拼命；水，写一个水性极好的男人的故事，也写水吞没了许多人的生命；火，写"我"对过年放"呲花"的回忆；土，写土地上的稻米与树。每个章节都是独立的故事，在转换上又有自然的衔接。金木水三节，写得尤其生动精彩，人物刻画、场面描写、对话铺排完全是小说化的呈现，显示了作者作为小说家殷实的家底。稍有遗憾的是，火和土两节，一下子单薄和枯瘠下来，失去了前面的丰润和膏腴，略有损于整体结构与节奏的均衡和匀称。

不必讳言，相对于小说的丰富多变，散文创作整体而言多少显得有些保守稳定，这既有外部的原因，比如小说有可以助力的超强"外援"(西方小说),而散文匮乏;还有内部的原因,中国乃文章大国,习惯势力强大,求变的内在动力不足。所以,创新求变依然是散文需要解决的问题。作家周晓枫去年发表的《散文的时态》一文,我认为是一篇十分重要的革新宣言,针对传统散文大都陷入"回忆"的过去完成时态,她提倡"正在进行时态":"散文以正在进行时态来构思和描写,就不像过去那么四平八稳,可能出现突然的意外和陡峭的翻转。少了定数,多了变数;不是直接揭翻底牌,而是悬念埋伏,动荡感和危机可以增加阅读吸引力;更注重过程和细节,而非概括性的总结;并且我们对事物的理解,更多元、多义和多彩。文学的魅力就在于此,它不像数学一样有着公式和标准答案,而是具有难以概括和归纳的美妙的可能性;即使答案偶尔是唯一的,过程也依然能有多种、多重、多变的解决方案。"周晓枫提出的时态问题,对于小说来讲可以轻而易举自由转换,但对于散文来讲,有一个"沉重的肉身"(个人真实经验)牵绊了轻盈的跳跃,实现起来就不太容易。因此,我们三位年轻的作家以实现散文小说化,或许找到了一条可以抵达的路径,这不仅是写作手法的借鉴,可能更是建构了一种现代的思维方式,若进一步自觉完善融通,可能预示着会有更加迷人而广阔的散文前景。

(《长城》2021年第4期)

激情燃烧的生命书写

——《梅洁这四十年》读札

近些时日我沉浸在《梅洁这四十年》一书中，尽管书中大多篇章以前都读过，此番阅读算是情感与心灵的重温，但依然有一种潮涌浪卷、春雷滚动之感。读梅洁的文字，总是像火柴遇着磷，一擦即被点燃。全书四十五万字，分为上下两辑，上辑"梅香苍茫山水——梅洁文学作品选"，下辑"共话天地人间——评论家、作家视野里的梅洁"，另有"附录：梅洁文学创作40年主要文事备考"。显然，这不是一般意义上的作品精选集，而是梅洁四十年文学创作的里程碑，也为读者和研究者清晰勾勒出其写作轨迹及脉络。

我和梅洁是"革命友谊"已达三十年的老朋友了。至今我珍藏着一封梅洁1993年1月6日的来信，那时她调入河北省文联当专业作家不久，家还在张家口。1992年，林非先生主持编撰《中国当代散文大系》，河北作家的作品收集和评述由我承担，因此我和梅洁有了通信联络，这封信是她给我的回复，开头部分这样写道："江滨同志：你好！我不知如何表述我读你洋洋洒洒长信时的心情!就好像我走得很累很累时,突然走过一个人,要与我搀扶同行;也好像我独自坐在海岸的礁石上,静静地聆听大海不倦的拍浪声;还好像我匆匆忙忙走过街头,突然发现路旁的树一夜间挂满了鹅黄……"这段话文采飞扬,激情四射,初次结识就让我充分感受到梅洁的真诚与热情,给我留下难忘的印象。"大系"收入了梅洁四篇散文:《爱的履历》《我故乡的大河》《贺坪峡印象》《那一脉蓝色山梁》。我写下这样的评语:"梅洁的散文可谓最具女性特点,真挚清幽,婉约绵丽,氤氲着情绪化的氛围,盎然的诗意中有着浓郁的抒情色彩。女性那种不安分的生命躁动、情感韵律与爱的激越、感伤抑或无奈,都丝丝缕缕盈盈而出,昭示着鲜明的个性与女性意识。"

20世纪90年代初散文热勃兴,一个文学现象如星耀天空璀璨夺目,即一批女性散文家携带着主体意识的觉醒跃上文坛,如王英琦、唐敏、素素、斯妤、韩小蕙、韩春旭、梅洁、张立勤、叶梦、苏叶、筱敏等,用当时的话说"组成了一道亮丽的风景线"。她们突破以往的政治和公众话语体系,以发现自我、张扬个性为鹄的,体现了鲜明的个性与女性意识。梅洁就是其中的一个。

我参与编撰"大系"的时候,恰是梅洁从事文学创作最初的十年。她以诗起笔,继而散文,并开始涉猎报告文学。如果把此时的梅洁写作比作"澄澄映葭苇"的清澈溪流,那么,此后梅洁就逐步走入"月涌大江流"的苍茫与雄浑。在漫长的写作生涯里,梅洁不断拓展着写作路数和探索审美旨趣的递嬗,日趋成熟,蔚成大家。

从人生经历和文学地理来看,梅洁生在汉江之滨,属南方女子,后来长期生活在北方,与生俱来的温婉细腻和耳濡目染的粗犷苍劲这两种气质杂糅交织,天然地赋予一身,形成了梅洁独特的审美气象。这是上苍的赐予。

从文学创作规律来看,走出"舒适区",开拓更大的艺术天地,是每一个有所成就的作家的必由之路。梅洁的早期散文创作虽然多是自我的生命抒写,但因其真情流淌、真挚感人,深刻体悟着人性底色的驳杂丰富,有些作品至今仍不失为经典之作。梅洁却在反刍和反思,"始终在用自身情感绾着一个又一个人生的'结',婉约、忧伤、自悯、悲弱",因此,"焦渴地寻找着一种突破,一种生命和文体的双重突破"。她读了余秋雨的大文化散文,恍然憬悟,找到了突破的路径,散文要"更本质更深刻地负载起人类丰富博大的心灵情感和精神思想"。于是,她写出《泥河湾》《驿站》《天下蔚州》《历史的祭坛》《走过房陵》等可配称大散文的作品,她把视野从自身的日常生活挪移投向历史文化深处。

从文学体裁样式来看,梅洁散文和报告文学兼擅,这两种体裁虽然同属一个母体,文体分野却也判然分明,散文是"写我",强调自我的生命感受和体验;报告文学是"写他",

更关注社会生活和典型人物,一个内倾,一个外向,一个主观,一个客观。梅洁以散文成名,然而成就她的却是报告文学,她的"南水北调中线移民三部曲"《山苍苍,水茫茫》《大江北去》《汉水大移民》产生了巨大影响,《西部的倾诉》获得鲁迅文学奖。这些作品不再汲汲于案头清供、一己悲欢、个人忧伤,而是深切关怀人类的生存与命运,把深情的目光投向了大地和百姓。大漠、高原、戈壁、沙滩,履痕处处,以至于艰难的跋涉损坏了膝盖。她和着眼泪与一腔热血把情感、生命融入民众之中,为之忧戚、呐喊。梅洁在她的作品里,将小爱升华为大爱,将微观叙事变为宏大叙事,将个人倾诉变成"西部的倾诉"、民众的倾诉。

可以说梅洁实现了她想要的突破。但必须指出的是,这个突破既不是文体的转换,更不是说报告文学优于散文,而是思想的突破、精神的突破、境界的突破,作者构建了赖以支撑文学大厦的坚实基石——格局和胸怀,这才是文学突破的关键。

梅洁在一次访谈时说,"我至今认为我不是一个纯粹的报告文学作家,我一直倾心于散文的写作",她把那些报告文学称为"那是我的大散文,或者说,那是我对于散文创作的一种更广阔的深入和更深度的创作补充"。这体现了梅洁的大散文观。她把散文的细腻、抒情、心灵感受等主观的审美因素糅合到报告文学中,使她的报告文学具有了散文的质地。在梅洁看来,"真正给予作品生命的应是永远的真诚与激情"。激情源于对生活对世界的热爱，是一种蓬勃、饱满、燃烧的情态，是一种不竭的创作动力。在梅洁长达四十年的创作中，读者对梅洁及其作品的热爱长盛不衰。《梅洁这四十年》仿佛是梅洁一个四十岁的生日庆典。而四十岁不正是人生华彩时分吗？激情燃烧的人不会老。梅洁是梅树，一任繁花如故。

（《文艺报》2022年3月25日）

散文的诗性呈现

——读刘向东《全是爱》兼谈"诗人散文"

刘向东在文坛上素以诗人著称,其实散文亦为其所好,其作品数量相当可观,或许也可称之"左手的缪斯"。他在诗与散文之间游刃有余地自由转换,两种文体互为浸润滋养,尤其是在散文中,诗仿佛鱼儿在水里或沉潜或扑棱棱跃出,从而使他的散文具有属于自己的审美调性。他新近出版的"诗人散文"《全是爱》,可以从其中一窥其崖略。

霍俊明在"诗人散文"丛书的"总序"中申明,丛书旨在打造"一个特殊而充满了可能性的文体"。这个宣示,陡然令"诗人散文"不再是诗人写的散文那么简单,而变得意味深长。我在阅读了大量的作品之后,对"诗人散文"有了较为清晰的认知。一、作者是诗人。二、文本特征具有显著的诗性。必须廓清,诗人散文不等于诗人的散文,应将诗的艺术元素诸如节奏、韵律、跳跃、意象、隐喻、象征等带到散文中来,如普里什文所言"我带着自己的诗进入了散文领域",拥有诗性思维和诗性语言。按照余光中的说法,就是诗化的散文,讲究弹性、密度和质料。它不是诗人的跨文体写作,而是融文体写作,鲜明地有别于一般散文。余光中的《听听那冷雨》、"诗人散文"丛书第一季雷平阳的《宋朝的病》,可谓"诗人散文"的典型样本。三、文体本质是散文,非散文诗,须符合散文的审美属性,是诗人对世界的另一种表达方式、观照方式。总之,"诗人散文"应该是诗人高擎诗的旗帜在散文的疆域里自由驰骋,散文是体,诗是魂。巴乌斯托夫斯基形象地说:"真正的散文饱含着诗意,犹如苹果饱含着汁液一样。"

若再稍作延展,散文的诗性呈现不仅在形式方面,还在精神气质和心灵气韵方面,如梭罗在瓦尔登湖畔的生活就是海德格尔所言的"诗意的栖居",是对生活庸常性的一种挑战;《庄子》的汪洋恣肆,《史记》的灵动鲜活,亦皆为"无韵"诗性的淋漓呈现。

刘向东的《全是爱》分四个小辑:《动物记》《山庄记》《布拉格记》《石头记》。这个书名明显带有抒情色彩,让我想起鲁迅说过的"创作总根于爱",这是写作的原动力,无论是写动物、写人、写历史、写石头,都旨在表达对这个世界的深情眷念。说其是一部爱的歌谣,大致不会令人错愕,作家笔端所流溢出的悲悯情怀和人性温暖,亦显而易见。四个小辑均冠以"记",而"记"可谓古代最典型的散文文体,记人、写景、状物、抒情、议论等均可以笔记之。在这个"记"里,分明跳动着一颗诗心。《全是爱》的诗性呈现概而言之,是意境的诗意、文本的诗嵌和语言的诗性。

《动物记》显然受到法国作家法布尔《昆虫记》的影响。我读过《昆虫记》选本,刘向东说他读过多卷全本。《昆虫记》有科学的普及,有人性的体察,有感性的挥洒,被雨果誉为"昆虫的史诗",可谓一曲生命的乐章。在《蝉鸣记》一文中,刘向东说他曾写过《蝉鸣》一诗,读了法布尔对蝉鸣的描述,纠正了他一个错误认知:"我原来还以为蝉是用嘴鸣叫的呢。幸亏是写诗,不然'对心中的秘密守口如瓶'和'我的嘴唇总是湿的'之类,会不会让雌蝉知道了也大声惊叫?"由此他说,这世界上有许多事情,尤其是诗,美在不能说清,谁知偏偏另一种美,在于仔细观察、描述准确、说得清楚。孔子曾说《诗经》的作用之一是"多识于鸟兽草木之名",诗中有识,识中有诗。刘向东写动物,观察细致,视角新颖,融进了不少科普知识。如《养蚕记》说蚕从头到尾十三节;《啄木鸟》说啄木鸟每啄一次的速度达到了每秒五百五十五米,还有用嘴咣咣凿,为什么不会脑震荡和感到头痛;《野兔子》说为什么兔子会直接撞树,因为眼神不好,两眼视野不能重叠,没有立体感,等等,读来都十分有趣。一般来讲,儿童都喜欢动物,刘向东写动物大多写的也是他童年的事,因此,文字里含有童心、童趣、童真。即使成年的诗人,也有童年的举动,"把活着的小鱼一条条捧到不远处的水坑里"(《渔猎》),"曾经拿罐头瓶抓了几只蝌蚪养着,试图亲眼看看蝌蚪怎样变成青蛙"(《蝌蚪》),对生活庸常磨损的抵抗,保持盎然的生命情趣,正是人生诗意所在。

《山庄记》和《布拉格记》大体属于"游记"。前者是作者对故乡承德的历史回望与自然人文景观的聚焦,含有对美的咏叹和史的沉思。《布拉格记》则是作者随作家代表团访问捷克的一次游历。作者以诗人的热切寻找卡夫卡、哈维尔、马哈、塞弗尔特等作家诗人的精神存在,试图在这个异域空间与之达成心灵的默契和时间的和解。

《石头记》是作者藏石、赏石的记录。一般来说,我们称文人玩的石头为雅石,刘向东却不以为然,他说,谁若以玩石为雅而自诩,真是小看了石头,也小看了自己。在他看来,石头就是石头,浑朴天然,有大美,有灵性甚至是神性。人与石同构,孙悟空是石头,贾宝玉也是石头。《红楼梦》原本就叫《石头记》。中国有愚公移山的故事,西方有西西弗斯推巨石的故事。石头里有文化,石头里有人性,石头里有诗性。《石头记》有几处描写给我留下深刻印象:一是说西方的雕塑是把被禁锢在石头里的人解救出来;二是父亲从山上捡来一块石头,上面有"活"字,父亲患了胃癌,这个活字成了神谕;还有一个是贾平凹讲的,他的石友把街上穿印花布大棉袄的女人看成了他家的石头。石头原本没有生命,刘向东却将其写得性灵漾动,原本沉重却写出了轻盈,原本沉默却写得趣味横生。石是实,实打实,却成了诗。千姿百态的石头,通过想象，以美审之，意境全出，意趣盎然，这诗意的生活岂不胜过纸上的吟哦？

读《全是爱》会发现，许多篇章都有诗行或诗句镶嵌其间，这不能不说是诗人本色的潜意识显现。我粗略统计了一下，书中大约引用了四十六首诗，有中国古代诗词，有当代诗人作品，有外国诗人佳构，还多次将自己的诗作为散文的一部分，成为一种注解或延伸。如《玉米苗》引录了作者自己的一首《土炕上的老玉米》，诗的长度甚至超过了文章的长度。这种文本上的诗文同构、和谐交融，无疑使散文作品跳跃着诗的音符。

如果说刘向东的散文以诗入文多少还是诗性外溢，那么语言的诗性呈现则是其内在的关键所在。其一，长短句结合，以短句为主，形成朗朗上口的节奏和旋律，富有音乐感。其二是善用修辞。记得诗人王久辛说过，文学就是修辞，大有道理。修辞是作品文学性的保证，诗歌被称作"文学中的文学"，其意也在这里。如："看大鸟在天空静静地飞，有时还静静地停住，像天空的补丁。……大鸟冲下来的时候，树也是要把腰猫下的，让它拍一下，树也昏倒。"（《大鸟》）寥寥数语，运用了比喻、夸张、拟人等多种修辞手法。"在满屋沙沙沙吃桑叶的声音里，村庄边缘的桑树哗哗发抖。"（《养蚕记》）"我发现这块石头的时候，它已经离开了河滩，在河边的沙地上等我，我看见了它，它也看见了我。"（《神来之笔》）这些语言鲜活，饱满，富有弹性，令人别有会心。

巴乌斯托夫斯基说："散文好比是布，诗意就是织布的纬线。散文中所表现的生活如果没有一点儿诗意，只能是粗略的自然主义，既不会飞翔，也没有号召力。"(《散文的诗意》)我以为，此说对于散文写作者是一个提示，而对于"诗人散文"显得尤为紧要。

(《文艺报》2022年7月5日)

第二辑 文心雕虫

营构"散文大品"

散文的小品之谓，古已有之。魏晋、六朝、唐宋、明清均遗有璀璨晶润的小品明珠，五四时期，更是将散文与小品并用，有时干脆把散文径呼为小品文。

小品之名，大抵源于佛经，释氏《辨空经》云："详者为大品，略者为小品。"由此可知，短略便是小品的外在文本标码，将散文与小品合称，盖也是取其篇幅短小的共同之属。事实亦正如此，在现代通用的四种文学体裁类型中，小说有长篇，诗有长诗，戏剧有多幕剧，而散文的"短小精悍"却成为其主要文体特征之一不曾更易。历来对"散文"的界说纷纭驳繁、莫衷一是，但对其外在形式的短小却庶几构成奇怪的共识与确认。林语堂曾诟病古文的简约一如缠足妇人的忸怩作态，我在这里亦想说，我们意识深层沉积太久的散文即小品的观念，是否应该改一改？社会进入高科技时代以后，现代人的心灵世界日见丰富与复杂，需要以一种更加开放自由的心态面对世界与人生，需要一种宣泄、一种诉说、一种天马行空似的精神漫游、一种汪洋恣肆的文本扩张。散文以它的真切而不假伪饰、自由而不拘一格的优势召唤着人们的生命寄托。难道，我们还应该恪守"短小"的因袭观念，桎梏现代灵魂的舒放，给现代人类精神世界加上一道栅栏、一副枷锁吗？

好在，当今文坛创作大散文的先锋已应运而生。譬如，史铁生的《我与地坛》，余秋雨的《文化苦旅》，周涛的《游牧长城》，等等。这些作品浩浩乎如长风穿越山谷，滔滔乎仿佛江河奔流，或对人类生存与生命意义作终极思悟，或旨在重塑民族的文化人格和历史精神，或对中国历史文化形态作超越时空的描述，形而上精神在具象之上自由飘逸，气度不凡，意象邈远，堪称大散文的典范。

我并不反对散文小品，我甚至认为，它是一种机智的美的存在，是一种精致而玲珑的艺术品，是一种潇洒文雅的文本操作，它浸淫人心以湿润清新之风。但我更呼唤斫轮老手营构"散文大品"！散文大品之谓，绝非纯粹指散文外在形式或者说篇幅的曼衍，而是指作品的大家气象与深邃的思想意蕴，赞同鲁迅"先看内容，然后讲篇幅"（《杂谈小品文》）的意见。一部《老子》，寥寥不过五千言，却博大精深，穷极物理天人，能说它是小品？而有的作家甚至是名家的散文，尽管以美文著称，却掩饰不住文本的雕琢、浮艳以及造作，思想见识更如薄雾轻纱一般淡淡笼罩，匮乏的恰恰是那种震撼人的灵魂、启人思智的厚重的哲学意识和精神气度，所以难堪"大品"之誉。而我前面所列举的几位作家的作品，就堪称当代散文创作的散文大品。狄尔泰曾这样论说文艺复兴时期的散文家蒙田："感受生活、引导生活的艺术，使蒙田的散文更加完善，成为最为杰出的艺术精华。他留下了对中世纪哲学生活的见解……对于他来说，散文就是哲学。"（《哲学与宗教、散文及诗歌之间的联系环节》）能在散文创作中揭示世界之谜、人生之谜，让主体心灵之翅自由翱飞于世相物理的苍茫宇宙间，以一种哲学思辨的自觉，"导引"人生走出精神的荒漠，那该是一种多么迷人的辉煌境界，这样的作品才是戛戛独造的散文大品啊！

(《散文百家》1992年第9期)

散文走向略论

20世纪90年代以降，文坛倏现一种引万众瞩目的文学景象：散文复又走俏，颇有"忽如一夜春风来，千树万树梨花开"的味道。各种"征文""大赛""专号"隆重推出，散文版面、页码在悄悄增加，散文书籍热销，凡此种种，都足以表明泱泱散文大国在试图重振雄风。对此景象，有位散文家慨然高叹：太阳在对着散文微笑！

我认为，这是散文走向复兴可遇不可求的千载难逢的绝好良机！

然而，至少到目前为止，我以为这种"喧哗与骚动"的风光热闹还滞留在表象层次，散文真正卓立文坛，生命勃郁，尚需"从灵魂深处爆发一场深刻的革命"，实施内在的裂变、革新与整合，从陈竖太久的传统审美篱笆中走出，汇入更为广阔的日新月异的现代技术革命的时代激流，从思维观念到审美心态走向全面的开放。

在整个文坛由新潮滚滚归于沉静之后，散文复又柳暗花明，倡导革新，这是一个无法回避令人尴尬又让人深感悲壮的事实。新时期以来，小说创作一直风骚占尽，先是"轰动"之作迭出，1985年之后，尽管"文学失却轰动效应"，然而新潮、先锋、实验、探索又风起云涌，蔚为大观，西方近一个世纪的文学思潮在中国文坛几年时间几乎全部上演一遍，表现出小说界对"世界"的急于趋同和汲取新知的迫切心态。尽管有人对此多有訾议，甚至冠之以"伪"，但不可否认，小说这种充满现代意识的"文体革命""语言革命"所昭示的可贵的探索姿态、开放心理以及取得的丰厚的实绩，不是一句轻佻草率的"拾洋人牙慧"所能抹杀的。与此同时，诗歌也流派纷起，不甘示弱，报告文学甚至杂文也顽强地脱离散文的母体，唱出了独步文坛惊世骇俗的时代强音。这时再看我们的散文，犹如沙漠的旷野，听不见任何生命的喧响，没有宣言，没有流派，没有"主义"，没有动作，寂寥得让人心悸！在时代大潮涌动面前，它好似一潭枯水，波澜不惊，一纹不起，又仿佛陶渊明笔下的"世外桃源"，小国寡民，不知人世朝代，自我感觉良好，竖起篱笆成一统，管他冬夏与春秋，春花秋月、小桥流水、花鸟鱼虫照写不误，乐此不疲，又好像不识时务不肯脱下长衫的孔乙己，端着一副矜持的穷酸架子，制造着不见生气、毫无价值的文坛"小摆设"。除了少数作家凭着艺术的良心在默默耕耘，创作出一些精品佳作，"苦撑危局"，大量的"赝品"充斥文坛，散文地地道道成了一种"花边文学"！

造成散文创作落寞、萧瑟的原因，除了散文界自身素质、创作机制以及小国寡民封闭保守的心态以外，我以为至少还有两条。其一，与缺乏西方文学思潮对应有关。诗歌、小说之所以热闹非凡、新潮浪卷，毋庸讳言，它们都有着西方现代文学明确的参照系，从文学流派到经典大师，它们都有可以模仿、学习、借鉴的标本和圭臬。而散文却在西方文坛相当薄弱甚至微不足道，20世纪美国权威批评家韦勒克、沃伦在他们的《文学理论》中对文学的分类只有诗歌、小说、戏剧三种，居然根本没有"散文"一项。这些使得当诗人、小说家纷纷将目光投向横的发达的异域时，散文作家只能无奈地做纵的回眸，只能从古典的、"五四"的甚或"十七年"的传统审美中寻求认同，汲取营养。其二，散文理论与批评的贫血与苍白。新潮小说、诗歌受到了"新批评"的强有力支持与推波助澜，创作与理论遥相呼应，西方发达的批评模式诸如原型神话、精神分析、形式主义、阐释学、结构主义（叙事学）给中国的文学批评注入了活力。而散文理论，西方文论中几乎没有多少东西可供我们"拿来"。新时期以来，支撑整个当代散文理论框架的几乎是"形散神不散"那个唯一的理论信条，而这个理论放置于现代潮流中早已显得落伍陈旧，与创作无补，反而成为一种桎梏与羁绊。人们习惯把理论与创作比作鸟之双翼、车之两轮，匮乏鲜活理论批评的散文创作，又如何飞翔？怎样奔驰?！

历史又一次把机遇幸加于散文面前,散文要复兴,要发展,要走向全面繁荣,唯有走革新之路。中国文学史上古人的几次散文运动与五四时代的"文学革命",已经昭示了革新辉煌前景的无限可能性。我们应该义无反顾。

散文走向之一:解放散文文体,走多样化之路。"散文"原意与"韵文"相对,在古代,韵文以外的一切"文章"都莫不归入散文的范畴,先秦诸子、唐宋明清莫不如是,散文的天地异常广阔。五四运动以降,"散文小品"一词出现,遂产生一种"纯散文",但那时正如鲁迅所言"散文其实是大可以随便的",散文的空间依然是开放的。如鲁迅、林语堂、梁实秋、俞平伯等人的杂文(小品文)、随笔、日记、书信、序跋、评论、笔记、游记、讲演都是极好的散文作品。当代著名散文家秦牧说过:"(散文)这个领域是海阔天空的,不属于其他文学体裁,而又具有文学味道。一切篇幅短小的文章都属于散文的范围。"(《海阔天空的散文领域》)我非常赞同"海阔天空"这种高见。可是流行在当今文坛上的散文并不是"海阔天空"的,而是成了"狭义"的散文,"纯粹"得近乎苍白与羸弱,似乎只剩下抒情美文一条狭窄的羊肠小路。而这种过分狭隘的散文文体,已难以蕴含和负载恢宏的思想与博大的精神,难以传达现代人复杂纷纭的情态意绪,难以表现斑驳陆离气象万千的人类生存世界,反而成为一种枷锁与束缚。水至清则无鱼,物至纯则弱,有容乃大,要实施革新,必须首先解放散文文体，让散文真正成为一种最无拘无束、最自由灵动、最随意随便的文学样式。

有人反对散文向小说、诗歌等其他品种汲取养分，认为会不伦不类，甚至惊呼这是奇思怪想。这完全是一种小国寡民、封闭保守的冥顽心态。恩格斯早就指出"一切差异都在中间阶段融合，一切对立都经过中间环节而相互过渡"，除了"非此即彼"之外，又在适当的地方承认"亦此亦彼"。在高科技边缘学科日益发展的时代，文学品种为何就不能向异域"越雷池半步"，汲取他人营养来丰盈自己的躯体？小说可以散文化，为什么散文就不可以小说化？事实上拉美文坛已经产生了一种新异的"小说散文"，世界级作家博尔赫斯等人创造的这种散文新文体，以其奇异瑰玮的艺术之美给散文贯注了勃旺的生命之气。即使在我国可称之为小说亦可称之为散文的作品也不乏其例。固然，散文的文体特征是讲求真实，然而问题是，如果我们严格拘泥于世俗意义上的真实、物质客体的真实，那么散文无疑就会流于板滞与枯涩，就难以产生飞翔灵动的审美提升。既然散文也是一种心灵创造出来的产物，那么心理上的真实、艺术上的真实，就更是一种本质上的真实。让散文也插上想象的翅膀，在人的广阔的灵魂天空巡行。

散文走向之二：建构深邃、雄浑的审美气象。钟嵘在其《诗品》中批评只不过写些游子思妇之类情诗的张华云："虽名高曩代，而疏亮之士，尤恨其儿女情多，风云气少。"好一个"儿女情多,风云气少"!若以之言当今散文存在的一大痼弊,实在再恰切不过。有人曾不无戏谑调侃地指出当前散文的"雌化"倾向,亦即此意。俯瞰文坛上林林总总的散文作品,这样的篇什竟也摩肩接踵、比比皆是,突出表现了作者视野短浅,胸襟狭小,一股子小家子气。有些作品热衷于描写身边周围琐屑的物事,拘囿于个人的命运遭际,一己的悲欢愁乐,儿女情长,低吟浅唱,更等而下之的是有的字里行间撒娇泼痴,嗲声嗲气,溢露一派造作与矫情。散文本属短制,如果只能以小写小,岂不令人扼腕悲叹!当然还有一些写情美文,的确写得情真意切,玲珑剔透,十分精巧,但仍掩饰不住那种"小家碧玉"之态。从整体审美意义上讲,当今散文柔美(优美)有余,而壮美不足;多怀柔的月光,鲜强悍的太阳;多秀婉缠绵的江南丝竹,乏豪迈雄放的大漠风歌,散文界整个匮乏一种阳刚之气。

建构深邃、雄浑的审美气象,不只是审美情调的调整,也不只是作品题材的选择,更主要的是作者人格形象的重塑与思维空间的拓展,要以一种强大深邃的现代思想之光辐射人类的历史、现在和将来,予散文创作以真诚的整体的生命投入。我曾在一篇文章中把林非先生的一段话作为散文振兴的战略方向,他是这样表述的:"(散文)必须与人类社会的生活保持更为密切的关系,必须更多地去思考关于人类命运的重大问题,眼界应该更为开阔,思想应该更为深邃。"(《散文百家》)

这里问题的核心是散文作者对世相宇宙生存世界的人生态度。古人讲"器大者声必宏，志高者意必远"（范开《稼轩词序》），也即作者只要有"第一等胸襟""第一等抱负"，也必然会造就意阔境远、雄劲苍莽的"第一等文章"。所以，我们的散文作者应该提高思想素质，善养浩然之气，把审美目光从身旁的鸡零狗碎中挪移，即便写个体的自我人生，也应实施超越，抽绎出丰富辽远的蕴意，那么也就自然会有一种深邃与雄浑的审美气象呈示，产生震撼人们心灵的艺术魅力。因此，散文创作必须拆掉假面，少做作，勿卖弄，去粉饰，端出你的灵魂，端出你的真诚，写出散文的大精神、大性情、大气象。思接千载，视通万里，卷舒风云之色！

散文走向之三：语言形式的"陌生化"向度。文学是语言的艺术，文学史上几乎任何一次文学变革都是从语言形式入手。韩愈的古文运动首先是把骈体文的骈四俪六变成了单句散行，"五四"文学革命更是彻底地将文言变成了白话。散文发展到了今天，经过长时期的语言沉积与反复使用，许多曾引起人们新鲜感知的艺术语言已变得相当"熟化"，成为"常规语言"，很难再产生新的审美愉悦。譬如，椅子的"腿"、山的"脚"、瓶子的"颈"，全部是通过类比的方法将人体的部分用在了无生命的物体上，但这种引申的意义已然完全融入语言中，即便是在文学与语言上十分敏感的人都不再感到它们的隐喻意义，它们是"消失的"、"用滥了的"或者"死了的"隐喻（韦勒克、沃伦《文学理论》）。再譬如，游记体散文中经常出现"心旷神怡"一词，这个大抵源于《岳阳楼记》中的成语，由于人们用得太多太滥，恐已失去神韵，蜕变成僵死的语言符号。所以，对散文语言进行"陌生化"处理，重新唤起人们的审美知觉，是散文革新不可或缺的一项重要内容。钱锺书先生言："文章之革故鼎新，道无它，曰不以文为文，以文为诗而已。"（《谈艺录》）这也是一种文学史观。

"陌生化"是俄国形式主义文评的一个重要概念。施克洛夫斯基对此有过一段集中论述：

> 艺术之所以存在，就是为使人恢复对生活的感觉，就是为使人感受事物，使石头显出石头的质感。艺术的目的是要人感觉到事物，而不是仅仅知道事物。艺术的技巧就是使对象陌生，使形式变得困难，增加感觉的难度和时间长度，因为感觉过程本身就是审美目的，必须设法延长。

这段话出自他的《作为技巧的艺术》一文。"陌生化"理论曾对我国新潮小说、诗歌产生过相当大的影响，以至文学创作成了文本语言编码的操作。抛开其过分强调语言形式与技巧的不足，我以为我们不能因其是个有缺陷的理论而断然拒绝从中汲取有益的营养，正如不能将孩子与洗澡水一起倒掉。实际上，"陌生化"理论应该成为开启我们语言形式革新的一把钥匙。我们必须打破语言形式革新是雕虫小技的陈腐观念，应建设一支敢于探索语言奥秘的散文先锋队伍，"惟陈言之务去"，锻造汉语言充满生机的新的审美品格。

散文走向之四：呼唤"思辨散文"。朱光潜先生曾指出："中国人是一个最讲实际、最从世俗考虑问题的民族。他们不大进行抽象的思辨，也不想费力解决那些和现实生活好像没有什么明显的直接关系的终极问题。"（《悲剧心理学》）这话讲得相当精辟，若投射到散文领域，就更显现散文思辨色彩的黯淡。清人叶燮曾称理、事、情"足以穷尽万有之变态"，"凡形形色色，声音状貌，举不能越乎此"（《原诗·内篇》）。其中"理"一项一直是发育不良的贫血者。尽管先秦诸子中有孟子、庄子那种议论滔滔、汪洋恣肆的思辨滥觞，但其遗脉到了当今散文中或如遁入沙漠，或唯余星星点点，只剩下苍白浮泛的一句箴言、一句概括、一点"升华"，或干脆就是一种点缀。刘勰早就指出："形而上者谓之道，形而下者谓之器。神道难摹，精言不能追其极；形器易写，壮辞可得喻其真。"（《文心雕龙·夸饰》）任何一位欲成就大气的散文家都不应该避"难"就"易"，放弃对"形而上"精神世界的终极探寻，而迷恋"形而下"的具象描摹。判别一位散文作家的高下轩轾，这虽不能说是唯一的标准，但至少应是一种尺度。

何谓"思辨散文"？我同意它是"一种诗意审美与哲理思辨的契合"的说法。它首先是一种具有审美属性的散文作品，而不是逻辑严密完全理性的哲学论文，但它又绝不仅是由形而下具象的简单抽绎，它是一种心灵自由飞升，又意象繁密，充溢人生智慧与境界，对人类生存终极关怀的议论性质的文体。它需要散文作家具有丰富的思想和思辨气质，具有关注人类社会、开掘人生底蕴的极大热情。它可以直接向世界倾诉，也不需要传统审美那种含蓄蕴藉、犹抱琵琶半遮面的躲闪。发展思辨散文，无疑将有益于充盈民族智慧，提高整体文化水准。这是现代社会的召唤。

风乍起，吹皱一池春水，九万里风鹏正举。

20世纪90年代的散文革新潮流，是历史使然，时代使然，散文自身使然。散文再也不能坐失良机，踟蹰不前，而要跃然而起，挟改革之风，走向新世纪！

（《西北军事文学》1992年第4、5期合刊"散文专号"，《文艺报》摘转）

随笔文体谈辨

随笔文体的勃兴，成为20世纪90年代散文繁荣的又一表征，有论者称之为"随笔崛起与新随笔现象"。从感性到知性这一明显的轨迹，我视之为散文的一种演进和深化。二三十年代，人们习惯把散文与小品联称，现在则是散文随笔并谓了，从文体分类上讲，随笔与杂文、小品都是散文之一种，如此把子概念与母概念相提并论，足见随笔文体成为一种相对独立且强悍的文学样式。然而，何谓随笔？随笔的文体特征是什么？它同相对而言的纯散文（有人谓之艺术散文）有什么区别？却是一笔糊涂账，莫衷一是。笔者向来不很赞成"文体净化"的意见，认为过于纯粹的分类规范，容易使文体变得苍白、孱弱，不如使之横生枝蔓，蓬蓬勃勃自然长了去，而且，要对本就庞杂的散文一族分个清楚是极为困难甚至是不可能的，但是正如古人所言，定体则无，大体还是应该有的，因此，本文勉为其难试着对随笔文体做一番梳理与辨析。

"随笔"一词，古已有之，据论者考证，最早见于南宋洪迈的《容斋随笔》，洪迈在该书序言中称："予老去习懒，读书不多,意之所之,随即笔录;因其后先,无复诠次,故目之曰:随笔。"(巧合的是,最早提出"散文"一词的罗大经也是南宋人,语见《鹤林玉露·刘赠官制》。)从洪迈的话中可以看出,他所称的随笔,即为笔记,更确切地说是读书笔记。清代梁清远有云:"杂抄随笔之类,或纪一时之异闻,或抒一己之独见,小而技艺之精,大而政治之要,罔不叙述,令观者发其聪明,广其闻见,岂不足传世翼教乎哉。"(《雕丘杂录》)这就更明确指出,随笔的文体功能可以叙述(纪闻),可以议论(抒见),其效果则是通过无所不谈,启人心智,增人识见。这种杂记见闻、随手笔录、不拘一格的文字,在我国古代是不乏其著的,如段成式的《酉阳杂俎》、沈括的《梦溪笔谈》、苏轼的《东坡志林》、王思任的《文饭小品》等,以"记""录""闲话""随笔"为名的都是此类文字。这类文章与那些以宗经、征圣、载道为目的的正统散文相比,更具有随意、驳杂、悠闲、家常的味道,更见作者的性情与趣味,是一种文人气十足的个人化书写,脱离了主流话语形态。古代所谓的随笔实际上就是笔记散文,和"五四"以后所称随笔义不尽相同,但却是随笔文体的滥觞。

古代文论中有"文""笔"之分,刘勰《文心雕龙·总术》中说:"今之常言,有文有笔,以为无韵者笔也,有韵者文也。"这里"笔"指广义的散文,凡无韵的文章皆可以"笔"称之。南朝梁萧绎的文笔说,是另一种不按形式按性质的划法,他认为"吟咏风谣,流连哀思""性情摇荡"的抒情文学谓之"文",而"善为奏章""善辑疏略"的论事说理具有实用性质的文章谓之"笔","笔"虽然不像"文"那样讲究辞采、声律、华美,但也要"神其巧惠",注意艺术性(《金楼子·立言》)。清代梁光钊又进一步明确指出:"沉思翰藻之谓文,纪事直达之谓笔。"(《文笔考》)我们今天所谓的散文(艺术散文)和随笔,虽然和古之"文""笔"不是一回事,却有些瓜葛,也有些文体上的渊源,即散文重文采辞藻,随笔重直抒己见。

"五四"以降,文学革命使散文文体风貌为之大变。西方散文尤其是英美散文对中国现代散文(时称新散文)产生了重大影响。周作人尝言:"中国新散文的源流我看是公安派与英国的小品文两者所合成。"(《燕知草·跋》)英国的小品文即"Essay",现今不少人把 Essay 当成随笔的译名,实际情况却并非如此。在英语中,Prose 即为散文,和韵文 Verse 相对立,与中国古代的广义散文义同,那么,Essay 呢?鲁迅 1924 年翻译了日本近代著名文艺理论家厨川白村的《出了象牙之塔》,其中有专门论述"Essay"的片段,成为广为传诵的经典之作,也成为影响新散文至深的理论基石。厨川氏如是说:"如果是冬天,便坐在暖炉旁边的安乐椅子上,倘在夏天,便披浴衣,啜苦茗,随随便便,和好友任心闲话,将这些话照样地移在纸上的东西就是 Essay。兴之所至,也说些不至于头痛为度的道理吧，也有冷嘲，也有警句吧，既有 Humor（滑稽），也有 Pathos（感愤）。所谈的题目，天下国家的大事不待言，还有市井的琐事、书籍的批评、相识者的消息，以及自己的过去的追怀，想到什么就纵谈什么，而托于即兴之笔者，是这一类的文章。""在 Essay 比什么都紧要的要件，就是作者自己的个人的人格的色彩，浓厚地表现出来。"当时对 Essay 的译名五花八门，但最流行的是小品文，或散文小品（也称小品散文）。被人称为中国的伊利亚（兰姆）的作家梁遇春，曾翻译英国散文集，名字就叫作《小品文选》。可见，Essay 就是狭义的散文，也即今之四体裁之一，和随笔并不完全是一回事。即使有人译为随笔之名，但实际上是可以和小品文、散文小品互为替代的，并非指具有特定含义的文体样式。值得注意的是，厨川白村在书中还特别指出："和小说戏曲诗歌一起，也算是文艺作品之一体的这 Essay，并不是议论啊和论说啊似的麻烦类的东西。……有人译 Essay 为'随笔'，但也不对，德川时代的随笔一流，大抵是博雅先生的札记，或者玄学家的研究断片那样的东西。"这里尽管厨川氏表现出对随笔一类文字的不恭，但还是很明确指出，Essay 不是指随笔，它同随笔是两种不同的文体。在他看来，随笔是"议论""论说"一类的文字，是博学者雅致的"札记"，是一种"研究断片"（不是完整的系统的学术大论）。人们常常把目光投向厨川对 Essay 的精彩绝妙的阐说上，而忽略了他对随笔的侧面诠释，而我正是从他的这一经典性文献中初步找到了散文与随笔的区别。

在现代作家经典性的散文理论中（如朱自清的《论现代中国的小品散文》，鲁迅的《小品文的危机》，周作人的《中国新文学大系散文一集·序》，郁达夫的《中国新文学大系散文二集·导言》，胡梦华的《谈絮语散文》，钟敬文的《试谈小品文》等），随笔显然并未引起格外的注意，作为一种文类，它包含混迹于散文之中，尚未分蘖成重要的一枝。有时也零星出现"随笔"字眼，但和散文、小品、文章是同义语。值得注意的一篇文献，是周作人1921年写的被人称为现代散文理论开山之作的《美文》，里边有这样的阐述："外国文学里有一种所谓论文，其中大约可以分作两类。一批评的，是学术性的。二记述的，是艺术性的，又称作美文。"由此可以说，美文就是艺术性的论文，它和学术论文性质相同，只是外貌形式不同，它采用艺术性手段来论说，具有审美价值。他又明确指出："读好的论文，如读散文诗，因为他实在是诗与散文中间的桥。"（着重号为引者所加）"有许多思想既不能作为小说，又不适于作诗，便可以用论文式去表他。"显然，美文不是指散文，而且它的重要功能之一就是表达"思想"。因此，刘锡庆先生称周作人说的"美文"就是随笔，我是赞成这个意见的，我把周氏的这篇《美文》视之为关于现代随笔文体的一次极为重要的界说。

以上我们是通过对前人阐说的征引从理论上来分析随笔文

体的渊源和特征，以及和散文的区别，为了进一步说明问题，再从具体作家作品来入手。在西方，散文是一种弱势文体，且出现得相当迟，到了16世纪才由法国的蒙田揭开了帷幕。蒙田的散文主要是哲学小品，以漫谈、絮语的方式论说他的人生见解，有思想家的美誉。他的《论悲哀》《论隐逸》《要生活得写意》《尽情享受生活之乐趣》等文，堪称随笔的典范，他是西方随笔的鼻祖。他的作品的主要特征是：①以表现思想为根本，论说为主要文体形式，夹以形象性的叙述；②善于引经据典，多穿插引述一些诗句名言；③随意、亲切、娓娓的语言运用与个人笔调。可以说，蒙田的随笔给现代随笔的生成和发展奠定了一个稳固的基石，成为影响深远的蓝本。今人张中行先生的《顺生论》允称蒙田《随笔集》的当代版本。另外两个影响很大的西方散文家是培根和兰姆。培根的文章富于科学理性与论辩色彩，是典型的随笔体，他本人也是著名的哲学家。而兰姆的作品却别有异趣：①他以记叙为主，注意细节，自谓"从来不对事物进行系统的评价，只是牢牢抓住细节"；②笔调幽默、缜密、从容、雅致，富有感情色彩，感伤而不失风趣。他的作品如《拜特尔太太谈打牌》《第一次看戏》《友人落水遇救记》中并无多少说理成分，重在叙事，而《读书漫谈》《关于尊重妇女》却重在说理，所以一概称"伊利亚随笔"是不确切的。前一类文章自然就是中国现代作家所称的小品文——散文了，而后一类作品才是真正的随笔。在成绩斐然的中国现代散文作家群落中,鲁迅、周作人、林语堂、梁实秋、朱自清等人,冶西方近代散文与中国古代散文于一炉,在文体形式上多有革新创造,既写出了情采郁郁的散文小品,又写出了理趣丰沛的随笔小品。鲁迅除了著有散文专集《朝花夕拾》外,更著有大量充满战斗锋芒与讽刺力量的杂文,耸立起思想家的丰碑。尤其是他把"五四"最早的散文文体"随感"培植创造成为具有独立文体意义的杂文,这比后来逐渐独立的随笔文体先行了一步。自然,在鲁迅的杂文集中也包含着不少博雅、风趣的随笔体文字,如《魏晋风度及文章与药及酒之关系》《论雷峰塔的倒掉》《说胡须》等。在朱自清的作品中,散文与随笔是最易辨识的,《背影》《荷塘月色》以叙事、写景胜,自然是散文;《论吃饭》《论雅俗共赏》《论书生的酸气》以说理、议论胜,是随笔无疑,前者易学,而后者难为,因为随笔需要满腹诗书、深厚学养来垫底。

20世纪90年代随笔的崛起的确是一个重要的文化现象,其缘由,散文家韩小蕙总结出三条:①与开放的社会思潮有关;②与社会的急骤发展变化有关;③与精神的苍白和价值的失衡有关(见《新随笔十二家代表作·序》)。或许还应再加上一条:与时代对思想家的呼唤有关。仅就文体而言,随笔与杂文、小品、报告文学、传记文学原本都归属于散文的名下,但由于这些文体在各自的写作范畴内日益成熟丰满,获得了独立自主、自撑门户的地位,成为一种自足完整的文体形式,这样,散文的涵盖意义就逐渐萎缩,从跟韵文相对的广义散文(包括小说在内),到跟小说、戏剧、诗歌相对的狭义散文,再到今天跟随笔、杂文等相对的纯散文(艺术散文)。柯灵先生说:"随笔与散文、杂文为兄弟行。"(《随笔与闲话》)随笔从散文的子属而今一跃为平起平坐了。长期以来一直和散文如影随形、撕掳不清的随笔,在散文热的温床上,终于在20世纪末破壳而出、独立行世了。因此我们做这样的理论表述:把以叙事、抒情为主的重在表达内心感受与生命体验的感性散文称为纯散文,把以议论、思辨为主的重在表述文化意蕴和思想见解的知性散文称为随笔。散文的特质是情感,随笔的特质是认知。可以说,随笔就是周作人说的"艺术性的论文","事出于沉思,义归于翰藻"(萧统《文选序》),它发表对某一问题的见解和看法,不是运用学术的、科学的、客观的思维方式和语言运作,而是采用随谈、絮语、闲话、札记的表现方式,可以掺入自我因子和感情浸润,不失文学色彩和个人笔调,比学术论文要亲切、随意、生动,具有独特的审美价值,更具可读性。随笔可以幽默,也可以庄肃;可以闲适,也可以峻急;可以自我,也可以把自我掩藏起来。至于选题,宇宙之大,芥豆之微,无可不谈,但须谈出知识,谈出智慧,谈出趣味。在篇幅方面,不必受教科书"短小活泼"的框囿,有话则长,无话则短,排闼而去,意尽而收,"行于所当行,止于不可不止"。总之,随笔的文体特征是:以知识为外衣,以文化为内蕴,以思想为灵魂,以议论为形式。它是一种智者的文体,雅致的文体。写随笔不比写散文可以凭借灵气和才情率性而为,它需要渊博的学识作为基础,才能写起来潇洒自如,左右逢源,谈笑风生,否则易捉襟见肘,藏首露尾,流于浅薄。所以,随笔常常是学者或学者型作家的领地。但随笔并不是以传播知识为鹄的,引经据典也罢,书袋子信手拈来也罢,并不是为炫夸博学,而是为了多维纵深地表达自己的见解。归根结底,知识是静态的、被动的,见解就高了一层,当富于创见性的智慧火花灿然闪现时,随笔也就被赋予了生机勃勃的灵魂。因此,思想性是随笔的最高品格,不少随笔大家本身就是思想家、哲学家,这是随笔文体的殊荣。然而,思想在随笔中的生成,并不是空洞乏味的玄学,它点燃的是照彻古今的烽火,关怀人类的生存处境,完善和提高民族文化人格和水准,推动人类文明进步是它的具体指归。因此,随笔尽可以写得雍容、闲雅、风趣,如梁间燕语、阶下虫鸣,却可以担当起更重大的文化使命。

同20世纪二三十年代的随笔相比,90年代的随笔从形式到内涵都随着时代的发展和散文革新潮流发生了重大变化,出现了一些新的特点。一、从小品走向大品。随笔的内涵日渐丰富厚重,表现力得到强化,篇幅在万字左右的随笔时有涌现,文体形式突破了种种传统范式,随心所欲,任意挥洒,随笔成了人们表达思想的最主要的渠道和方式。二、从书斋走向现实。学者作家们青灯黄卷，却心骛八极，保持着一种关怀现实的人间情怀，随笔作品更富于探索精神和现代意识。审美趣味也洗去了士大夫气、名士气，高雅而不迂阔，即使不直接切入现实的作品，也婉曲地表露出现实的人生态度。三、从单纯走向繁复。打破了过去一事一议、一题一论的单一格局，在一篇随笔中，纵横捭阖，风流云集，汇入了多种学科知识和大量的信息，思辨色彩加重，思考力度增强，表现手段也愈益多样化，呈现出立体繁复的面貌。新近楼肇明先生提出"复调散文"的理论，是同样适于随笔写作的。

对随笔文体进行大致的辨析与厘定，从理论上讲是十分必要的，但钱锺书先生有言"名作往往破体"，正是这种不断地突破、创新，才推动文学创作跃入一个个新境界。在世纪之交，我们眺望着随笔写作新世纪的曙色。

(《散文百家》1996年第11期)

期待中的长篇小说

当今可称为荧屏文化时代，文学从传统的社会中心开始向边缘化退缩。就在这种情势之下，文学的重镇长篇小说却陡然热起来了，与近年的散文随笔热分庭抗礼，一短一长，构成了文坛两道煊赫的风景。

我心目中期待的长篇有如下几种品格。

第一，拥有一个富于沧桑命运感和逻辑内驱力的故事形态。从理论上讲，"小说就是讲故事，故事是小说的基本面，没有故事就不成为小说了"（爱·摩·福斯特）。故事是小说的载体，也是小说的本体。这些好像是常识性的废话，但事情并不如此简单。受西方现代小说观念的影响，一位评论家对20世纪80年代中期以后的小说作出这样的判断：新派小说读句式，老派小说读故事。这与事实基本相符。因此，在小说故事性这一层面上，新老两派都存在着一个误区。于新派来讲，过分倚重西方的技术主义，把小说弄进实验室，实施语言与文本符号的操作，把现有的故事情态撕碎，撕碎之后再按照一种新的审美原则重新组合、拼接，这样，不仅消解了故事的意义，也消解了故事本身。这种小说观念可以说是反故事的。这固然有其创新的一面，但是，一个短篇犹可，一部至少十几万字的长篇，若让普通读者耐下性子"啃"你的句式，则是不可想象的，未免太难为人了。即使小说中含有深邃的意蕴，读者也只能掉头走开。于老派来讲，则太迷恋故事本身，似乎讲述一个好故事也就足够了，让小说滞留在事件的层面上。尤其是，老派小说过于拘泥"讲什么"，颇有些"题材决定论"的味道。表面看来，"讲什么"作家完全有充分的自主权，没必要给某个部门或上级批准，但事实上，图解与迎合成为一种固化思维定式，沉积于意识深层，往往在写作时不知不觉将故事的演绎纳入常态思维甚至是某种教材的轨道上，从而丧失了艺术思维所特有的独立自由的立场。这样，纵然故事讲述得引人入胜，云谲波诡，却让读者有一种听姥姥夜话之感，耳熟能详，没有什么新鲜感了。

一部长篇就是一座大厦，故事就是大厦赖以支撑的柱石和墙体。众多的人物，纷繁的线索，深刻的思想，都要靠故事来结构，来凝结。没有一定可读性的长篇，就从根本上拒绝了读者。没有一定故事性的长篇，思想就犹如散乱的珠子无以串联，就仿佛人若无肉身，灵魂何以附丽？爱尔兰作家乔伊斯的名著《尤利西斯》，号称"天书"，著名心理学家荣格当年阅读时，常常感觉不知所云，只得来回倒读，中途还睡着了两次。作为一个世界级的大学者尚且如此，何况一般读者尤其是喜欢听故事的中国读者呢，恐怕只能听而生畏了。90年代文坛上有一个颇为流行的说法，叫作"讲述一个老百姓的故事"，我以为正好可以借此来反拨前面所述的两个误区，即一方面，长篇要注重营构具有沧桑命运感的故事形态，这故事既是老百姓自己的故事，又是老百姓喜欢听的故事；另一方面，从叙事风格来讲，冰释了僵化思维的板结状态，还之于叙事者个人化的生动的民间情怀。当然，叙事技巧存在着多种可能性，如巴尔扎克式的全知全能，福克纳式的把一个故事从不同角度讲述多次，罗布－格里耶式的隐含的叙事者，卡夫卡式的把叙事者当成小说中的某个人物，等等，采用哪种叙事方式并不很重要，关键是叙事者对故事的重构能力以及受众能否接受。

第二，具有强大的精神魅力和直指人心的思想力量。我们对长篇小说故事性的要求，是一个基本的表层要素，绝不是最高要素，作为"大部头"的精神产品，仅仅有一个好故事是远远不够的，更为重要的是故事之外物质形态之上精神的灌注与思想的揳入。如果说长篇中故事的生成是有了灯烛的存在，那么，精神思想的统摄就是点燃灯火的光焰，唯有它的存在，才能照亮和温暖读者的心房。

一部长篇要成为一个民族的心灵史，一个时代的生存图示，代表着人类精神指向的主流形态。在目前市场带来一些负面效应的情势下，我们呼唤新型的文化战士，坚持人文立场，抵抗向商业、向鄙俗投降的行为。张炜提倡"保守主义",这种"保守"不是一般意义上的守旧、僵化、落伍,而是对文学精神指向一种恒久价值的保卫和坚守,这同随波逐流、趋"新"逐"后"的盲目的新潮行为是相抵牾的。即以张炜的长篇创作而言,从《古船》《九月寓言》《柏慧》到《家族》,前后跨度近十年,尽管他在艺术上不断进行探索、创新,但有一条贯穿始终的精神脉系,就是悲天悯人的人道主义情怀。他是在良知催逼下营构一部部作品的,灵魂中始终燃烧着激情与理想,从而赋予长篇以史诗的品格。

写长篇的人都想让自己的作品留下来成为一块"碑石",说到底有没有精神魅力和思想内涵是问题的关键。精神魅力和思想内涵不是空洞的东西,有着很具体生动的内涵,在作品中可以不特别说出来直接地显露在外,却在整体的每一部分都有它们的滋润和光照。克尔希纳认为,艺术的本质就是要通过有限的物质条件来揭示世界一切过程背后的伟大秘密。这揭示的过程就是作家思考的过程,体现了作家对现实生存世界的认知能力和把握能力。当一部作品完成了对人性心理的深度开掘,获取了沧桑的人生意识和深邃的哲理品格,它的精神魅力和思想内涵也就产生了。

第三,具有独创意识的探索勇气和艺术表达。作为叙事艺术的极致,长篇有着它特殊的艺术规律与审美特征,短篇、中篇能写得从容不迫,却未必能在长篇领地得心应手。不少长篇虽然也洋洋几十万言,却是中篇的拉长,或是中篇的连缀,缺乏长篇应有的庞大、复杂、斑驳、恢宏的艺术气象,这说明作者对长篇艺术把握的力不从心。鸿篇巨制的营造需要大匠心、大手笔,不是一般人可轻易操作的。既要通过多重矛盾的典型冲突反映出一个时代广阔的生动的生存图景,还要通过塑造多位个性独具的人物形象来表现一个民族的精神风貌与文化内蕴,叙事的过程,即创作主体用自己的艺术眼光与哲学眼光对客体世界的一次重构和诠释。这需要作者拥有与描写内容相对应的艺术形式,通过独特的艺术创造,使形式成为一种"有意味的形式",获得它独立的审美价值,而非仅仅是内容的载体或容器。在长篇艺术上,我们鼓励独创与探索,但反对两种倾向:一是对传统审美方式的全部舍弃或悉数捡拾,二是对西方现代艺术的亦步亦趋或盲目排拒。我们应该放远眼光广泛吸纳、借鉴,做一种新的审美整合,从而创作出既有创新意识又有民族气派的长篇佳作。

(《河北日报》1996 年 7 月 29 日)

散文的精神

读了《当代散文批判》一文，让我想起八年前自己写过的一篇《营构散文大品》（载《散文百家》1992年第9期）。那时散文热刚刚勃兴，鱼龙混杂，泥沙俱下，捡到筐里都是菜，生活散文、糖果散文、小女人散文大行其道，比比皆是，从"五四"迁延过来的"散文即小品"的观念已深入人心，无人置喙。散文欲真正形成繁盛气象，急需理论上的廓清和观念上的解放，于是我热烈地呼唤营构散文大品。后来，关于"散文大品"的提倡日渐多了起来，但真正的散文大品却没有真正繁荣起来。那时我曾举余秋雨的《文化苦旅》为例，而今天看来，一个按既定的思维逻辑设计古人，尤其不肯面对自我心灵旅程的人，他的文化之苦岂不是作伪？一个只肯塑造别人文化人格，而一旦触及自己灵魂伤疤就暴跳如雷的人，岂不是新的文化专制、话语霸权？一个只会戴着假面具作秀的作家的作品怎能够配称大品？散文大品之谓，不仅指意蕴深邃、意象丰饶、气度雍容，更有人格魅力的张扬、心灵血肉的贯注、精神气韵的缠绕。古人讲"器大者必声洪"，看来未必，有些器小者虚张声势，往往蒙蔽善良纯真者的双眼。

《当代散文批判》一文中呼唤散文大品，初衷原也不错，但妄下断语，得不出令人信服的结论。譬如他说："代表一个国家散文发展水平的不是随笔、小品，而是真正审美意义上的散文，是'散文大品'。"小品大品之名，来自佛经，释氏《辨空经》云："详者为大品，略者为小品。"从传统的文体分类上讲，散文相对于小说、戏剧，形式较为简略、短小，故人们习惯上称散文为小品，随笔也是如此，只不过它以理见长罢了。提倡"散文大品"是相对于"散文小品"而言，人类世界变得日益复杂，人的心理变得日益丰富，作为真实表达人的情感世界、内心体验以及思想认知的文体，散文实在应该突破"简略、短小"的牵拘，从形式上给予其充分的表达空间，即散文也可详、可长，甚至像小说一样可以有长篇散文（事实上这样的散文已经出现了，如周涛的《游牧长城》、张洁的《世界上最疼我的那个人去了》都在篇幅上超过了十万字）；提倡巴赫金提出的"复调"，即一篇（部）散文可以有多部声调，多个主题，而不再是一文一题、一事一议，使散文真正繁复起来，自由起来，天高任鸟飞，海阔凭鱼跃。应该说这种提倡和变革是具有现代意义的。但话说回来，并不能因此而否定传统意义上的小品散文，依《当代散文批判》而论，中国古代的散文岂不是不足为训？20世纪二三十年代的散文如鲁迅所说"散文小品的成功，几乎在小说戏曲和诗歌之上"，岂不是成了虚妄之论？法国的蒙田、英国的兰姆、美国的爱默生、苏联的普里什文的随笔小品如果说不代表该国的"散文发展水平"，人们岂不要笑破肚皮？知堂小品，雅舍小品，孙犁、汪曾祺的小品又当何论？不能说它们不是"真正审美意义上的散文"吧？

所以，而今思之，对于散文创作来讲，重要的不是大品小品之分，而是散文的精神。

何谓"散文的精神"？它在鲁迅的金刚怒目里，在周作人的平淡闲适里，在林语堂的幽默达观里，在梁实秋的雅舍里，在朱自清的桨声灯影里，在魏晋风度里，在韩愈的文以载道里，在苏轼的明月清风里，在明季性灵里，在培根的思考里，在川端康成的感觉里，在柯灵的文采里……散文的"散"是形，更是魂，是自由自在、不衫不履、无拘无束。一言以蔽之，散文的精神就是对文化的诠释、对灵魂的润泽，这是散文创作升堂入室的不二法门，舍此无他。香港作家董桥云："散文须学、须识、须情，合之乃得 Alfred North Whitehead 所谓'深远如哲学之天地，高华如艺术之境界'。"其意大抵相同。散文不同于小说、戏剧等其他文体，它无所屏障，没有掩体，是于历史与现实的直接发言，它裸露着灵魂和世界真诚拥抱。正像《当代散文批判》的作者说的，散文的血管里流出的是血浆而不是水，就像一名不需要铠甲和盾牌的战士，更需要勇气和风骨，任何戴着人格面具的作伪、作假都是与散文精神相悖的。所以，不管是大漠孤烟、长河落日的大品，还是小桥流水、枯藤昏鸦的小品，都应流淌着文化的血液、气韵，熨帖无法安妥的灵魂。新时期以来很长时间，散文遭到文坛漠视，以至20世纪90年代复兴以来，它虽然表面繁华热闹却依然不能取得时代主流位置，其症结就在于散文精神的匮乏，余光中所批评的花花公子式散文、浣纱妇式散文姑且不论（小男人散文、小女人散文更等而下之），不少小说家、戏剧家、批评家、学者都来写作散文本是一件好事，但客串的姿态规定了他们的写作态度，是把散文当作一种边角余料、一种休息、一种正事之外"大可随便"的随意涂抹，如果他们是鲁迅式的十八般武艺样样精通的通才大师倒也罢了，问题是他们大多是先天不足的"跛足道人"，如此产出的散文作品的质量也就可想而知。散文一体不凭借故事，不依赖冲突，它赖以支撑的是文化，是思想，是情感，需要作者的整体投入，包括生命和灵魂。散文人人可写，却并非人人皆可尧舜。散文可小，但如果把它当作小摆设、小玩闹、小伙计，不啻对这一圣洁文体的糟践，莫若改换门庭干点儿别的，因为只有像热爱生命一样热爱散文才能抵达散文精神的内核。

20世纪90年代后期出现了一批有学养、有思想、有生命热度的青年散文写作者，有人把他们称作新文人，他们的作品被称为新散文、新随笔，这样的分类自然是因为他们有着不同的审美风格和写作方式，但他们所坚持的精神操守却是一致的：涵泳中外文化精华，视野开阔，秉持知识分子独立思考的立场，把散文当作个体生命进入生存世界的通道，当作探询和质疑存在的最好的话语方式。他们涵容了古典散文（包括20世纪二三十年代）的文化质地、流风余韵，又以崭新的眼光对其予以解构和重构，自由地穿行在历史与现实之间，既诗意浪漫又理性逻辑地表达着终极关怀。"思想者"几乎就是他们共同的标志，而思想的力度又几乎就是文化的分量和生命的重量。他们中间的一分子于坚这样说："我的写作的方向一直是向下的，是回到大地上的。在20世纪的革命中，尤其是50年代以来的普通话革命，导致汉语改变了它的传统的与世界和日常生活血脉相通的位置，它升华了，悬浮在意识形态以及由此决定的所谓'精神生活'的高处。作为诗人，我一直试图使诗歌的翅膀回到大地之上。"（《人间笔记》）另一个作家苇岸把他的散文集取名为"大地上的事情"。这种"向下的"姿态，恰恰是松弛的自由的行走的姿态，这种不是用飞翔而是用跋涉者的脚步来探询生存世界的隐秘的姿态，恰恰能够抵达"精神生活的高度"。这一代写作者，使我们在跨世纪之际看到了散文精神的亮光。

（《河北日报》2000年8月4日，《美文》2002年第8期）

散文，别太像散文

给一个省级散文奖当评委，看了许多作品，其中有一部给我的印象极深，那就是太像散文了，典型的散文范式。才气、感情、思想，都有，一样不缺，但读起来不带劲儿，不刺激，让人昏昏欲睡。仔细一琢磨，明白了，才气，体现为文字华丽；感情，是大众的体验；思想，是现成的别人的。这样的散文，中规中矩，刻板教条，老实厚道，咋能吸引人、打动人？像吃人家嚼过的馍馍，还有啥滋味？

一位小说家说，马尔克斯《百年孤独》的经典句式"多少年之后"在中国泛滥成灾，他一看到它在某篇小说中出现了，就想吐。实际上，小说模仿或者风格相近，可以形成流派，但散文不行，篇幅那么短小，一模仿，啥都没了。初学者可以，想成大家，门儿都没有。记得上学的时候，课本上有碧野的《天山景物记》、朱自清的《荷塘月色》，崇拜得不得了，写作文拼命模仿。现在看来，这两篇散文都是使劲儿堆砌华丽的辞藻，极言其美。老子说，皆言美之为美斯恶矣。可见，对名家作品也应辩证看待。

一次给《散文选刊》主编葛一敏发短信，说，现在的散文太有散文的腔调了，写出来都是范文式的，不是装腔作势，就是千人一腔，能不能写得别太像散文了？总结起来，散文的范式有如下几种：杨朔式，先写生活，写人，最后拔高升华；朱自清式，一种是"荷塘月色"式，美词丽句浓得化不开，一种是"背影"式，写爹娘亲情，打"催泪瓦斯"；秦牧式，写知识小品，抄抄书；余秋雨式，文化散文，游记加掉书袋……这些散文家的作品都被选入课本、选本，影响极大，以致许多人潜意识中将其作为散文的圭臬绳墨，认为散文就是这个样子。鲁迅、周作人、钱锺书、张爱玲等人的散文影响也大，但形不成范式，为什么？太高，够不着，学不成，学不来。

散文有范式吗？有，应该有范式吗？不应该。鲁迅早就说过，散文其实是大可以随便的。铁凝也说过，散文河里没规矩。你不敢随便，你要给散文定规矩，那散文就死翘翘了。啥叫散文？在古代非韵文即散文，序、跋、笔记、碑记、书信、日记、游记、演讲等，都是散文。区别于小说、戏剧、诗歌的现代"散文"这个文学概念是"五四"之后才有的。我买过苏联文学理论家什克洛夫斯基的一本书《散文理论》，打开一看，小说也包括在里边，俄语的"散文"跟中国古代的概念一样。20世纪90年代，史铁生写了一篇《我与地坛》发表在《上海文学》上，没标明体裁，结果，小说刊物当小说转载，散文刊物当散文转载，一位评论家评价说，不管《我与地坛》

是小说还是散文,这一年的文坛有这一篇作品就是丰年。你看,文学体裁的边界被模糊了,被消解了,读着好就行,管它是啥,体裁真的那么重要吗?想想,如果刊物的编辑觉得它不太像小说,让史铁生再按小说的要求改改,或者说它不太像散文,按散文的要求再改改,它可能规范是规范了,却也被杀死了。梁简文帝说过,立身先须谨重,作文且须放荡。循规蹈矩,中规中矩,没有胆识,没有创新,只能炮制看似美丽的垃圾,不如不写,给文学环保事业做点儿贡献。

我们给文学规定出体裁,给作家戴上不同的帽子,其实只是为了方便,你要过于较真就错了,就没意思了。如果你被人称作散文家,那就要坏菜,说明你很纯粹,很单纯,很单一,很单薄,不会写别的。世界上有单纯的散文家吗?当今文坛好的散文往往出自小说家、诗人、学者甚至是画家之手,庶几已成共识,他们给散文掺入了杂质,掺入了各种艺术元素,却使得散文内容更丰富,艺术更完美,生命力更强健。文学没有边界,没有鸿沟,没有人可以规定散文只能散文家来写。只写散文的散文家,是孱弱的、贫血的、苍白的、无力的。前边所讲的几位作家,如鲁迅、周作人、钱锺书、张爱玲等都是散文大家,但绝不仅仅是散文家。

一个女作家十分佩服周晓枫的散文,以为当今顶级。一天,她很八卦地问我,周晓枫有篇散文写"我"很私人的感情生活,那么,她写的是真的吗?如果是真的,那她岂不是暴露了自己的隐私？如果不是真的，那散文岂能虚构？这位作家不仅八卦，而且钻了牛角尖，可能周晓枫的散文颠覆了她以往的文学观念，不太像散文了，虽然她认为写得绝好，却也产生了困惑。像大多数人一样，脑子里有一个框框，见了作品就习惯性地先框一框，框不住，就疑惑，就怀疑。周晓枫曾获冯牧文学奖，评语说："……周晓枫的写作承续了散文的人文传统，将沉静、深微的生命体验融于广博的知识背景，在自然、文化和人生之间，发现复杂的、常常是富于智慧的意义联系。她对散文艺术的丰富可能性，怀有活跃的探索精神。她的作品文体精致、繁复，别出心裁，语言丰赡华美，充分展示了书面语言的考究、绵密和纯粹。她的体验和思考表现了一个现代青年知识分子为探寻和建构充盈、完整的意义世界所作的努力和面临的难度。她的视野也许可以更为广阔，更为关注当下的、具体的生存疑难，当然，她的艺术和语言将因此迎来更大的挑战。"这样的作品怎能框得住呢？真正好的散文作品往往是突破拘囿、打破框框的。

我说给葛一敏的话，不是看了《散文选刊》的感受，而恰恰是逆向的体会，是这个刊物在打破"散文太像散文"这个问题上所做出的努力。我对她说，我有机会要表扬表扬贵刊，不光是文章选得好，更主要的是编选者有理论上的自觉，对当代散文写作起到了引领的作用。散文的多样性、丰富性、探索性，得到了多重展示，让大家看到了散文写作无穷的可能性;让大家明白,散文没有先验的路数,既可以这样写,也可以那样写。比如,武靖雅的作品《我的抑郁症:精神病院、电击及失忆》,从内容上可以看出作者是一名大学生,并非成熟的作家,虽然有些稚嫩,但像新鲜的还带着毛刺、露水的黄瓜,真实可爱。作者不是在写散文,而是实录生命体验,给人以刻骨铭心的感受。再比如凸凹的作品《救赎》。凸凹是个成熟的作家,他有着文学的自觉,但这篇长文他却采取了"反文学"的写法,因为过于藻饰的文学化会伤害作品的纹路肌理,他将自己的生命情态、心路历程、灵魂煎熬——剥落外饰,坦然呈现。在读的过程中,让我们与他的情感一起起伏升沉,一起歌哭忧思,他"救赎"了自己,也让读者参与了"救赎"。这样的散文比小说更有力量。

彭程提倡散文"有难度的写作",我认为这意见极好。如果散文范式化,就太容易写了,像工业化的流水线,生产出来的产品都一个模样,这正是文学创作的大忌。什克洛夫斯基在《作为技巧的艺术》一文中说:"艺术的技巧就是使对象陌生,使形式变得困难,增加感觉的难度和时间长度。""陌生"和"难度"都是对散文的拯救,仿佛一泓顺畅的水流放上一块石头,遇到阻遏,激溅出水花,才是更美丽的风景。

(《中华读书报》2016年10月12日,《文学自由谈》2017年第6期)

散文如何写亲情

在散文中，有一类题材几乎为所有写作者青睐，那就是亲情散文。所谓"亲情散文"，是指以家人亲戚为叙写对象，抒发亲情感受的散文类型。情感是散文的核心元素，而亲情无疑又是情感中最柔软、最真挚、最动人的部分。这类散文不用面壁虚构，不用绞尽脑汁，只要调动情感积累和生活记忆，下笔即如拧开了水龙头。

然而，亲情散文易写难工，要想在文学性和思想性上达到"文质兼美"的效果，避免同质化、程式化，令读者耳目一新，有几个方面需要留意。首先，在主题表达上可以更加丰富多元。对亲情的赞美，是每个写作者发自内心的声音，也是亲情散文的一个特色和长处，文学史上留下的诸多名篇就说明了这一点。写父母勤劳、善良、节俭、无私乃至伟大，"父爱如山""母爱如水"，都是作者的真情流露。与此同时，也可以通过其他主题表达，将亲情的丰富性和复杂性表现出来，更深刻地表情达意。其次，陈年往事，流金岁月，绵绵不绝的思念和缅怀，能够将亲人过去的点点滴滴勾连还原，在叙述形态上这是写过去。除此之外，是否也可以写写"现在时"呢？将回忆与对亲情的动态描摹结合起来，也许会更加生动鲜活。

那么，该如何推陈出新，创作出具有崭新审美气象的亲情散文呢？我们可以从一些散文名篇中获得有益启发。

首先要选择独特的叙述视角。中国古代诗文皆有托物寄情的艺术传统，将感情附着于具体的物象上，或选择一个观察与抒发的角度，这样比大水漫灌式的叙述更清晰，令人印象更深。如朱自清的名篇《背影》，写一个父亲对远行儿子的慈爱，将视点聚焦在父亲的"背影"上——那个穿过铁道、费力爬上月台去买橘子的肥胖蹒跚的背影成为父爱的经典符号。铁扬的《母亲的大碗》，选取一个道具——大碗来写母亲。勤勉省俭的母亲只有在生日时才拿出大碗吃饭，这只大碗跟母亲生命中的重要时刻紧密联系在一起。大碗里盛放的是饭食，同时又盛满了庄重、尊敬、怀念等种种精神元素，是写实，也是隐喻和象征。

其次是写出独特的生命体验。托尔斯泰说"幸福的家庭都是相似的，不幸的家庭各有各的不幸"，其实幸福的家庭也各有各的生活况味。在亲情散文写作中，不能只看到"相似性"，而要写出共性中的个性。如彭程的《对坐》，作者选取了一个日常生活场景——与年老的父母相对而坐，这是我们很多人都有的经历。但细心的作者在默默流逝的光阴里却别有一番深刻洞悉，"生命是一个缓慢的流程，在成长、旺盛和衰颓之间，他们进入了最后一个阶段，渐行渐远"。与父母"对坐"的短暂驻留，终会迎来永久的分离，这种感觉真实到残酷。但作者又不是一个悲观主义者，他的清醒反面恰恰是珍惜。汪曾祺的《多年父子成兄弟》写父子之情，温情脉脉，"我觉得一个现代化的、充满人情味的家庭，首先必须做到'没大没小'。父母叫人敬畏，子女'笔管条直'最没有意思"。代际间的尊重理解是重要的，"多年父子成兄弟"是作者眼中平等、民主的现代家庭关系的理想境界。汪曾祺将个人体验升华到思想层面，用文字留下了一个经典的亲情范式。

再次是要在人性深度开掘上着力。应当承认，家庭关系与亲情关系是世界上最复杂最纠葛的关系。爱，不全是温暖，不恰当的爱有时也是一种负担甚至伤害，人性的深刻和复杂或许在这里比别处更能得到烛照。但是，出于避讳等原因，作者往往不愿写亲情关系中不如意、不和谐的一面，单纯赞美就成了唯一的选择。其实，亲人间的隔膜如何消除、矛盾如何化解以及如何相互理解和体谅对方，更为重要。如陈福民的《与你遥遥相望》，几乎颠覆了以往作品中的母亲形象，他不着力颂扬母亲善良、勤劳等美德，也不着力抒发自己的缅怀和思念，而是将亲子关系推到一个更为平等的对话层面。"遥遥相望"一语充满了无奈与辛酸，拓展了亲情关系的另一个维度。彭学明的长篇散文《娘》，是一部忏悔书，它的震撼之处，不是讲述了母亲命途多舛的人生，而是椎心泣血地抱愧作为人子对母亲的种种不恭，从而揭橥出母子亲情不对等的普遍现象，引人自省。作者敢于自我解剖的非凡勇气委实罕见。

契诃夫尝言，"独创是艺术的生命"。在亲情散文写作上，作者应尽力走出舒适区，规避艺术窠臼，在选题、立意、呈现等方面悉心揣摩，自出机杼，则佳作可期。

(《人民日报海外版》2022年6月22日)

第三辑 隔案清谈
——与郝建国对话录

散文的源流与写作

关于散文的文体特质

郝建国：师兄好！期待很久了，今天终于能有时间和您聊一聊散文的话题。散文的文体特质是什么？亦即散文和小说等其他文体到底有什么区别呢？我以为小说以塑造人物为主，传统理论叫塑造典型环境中的典型人物，通过人物来表达情感、思想。散文的特质是情感，不管是抒情，还是写景、叙事、忆旧、写历史，最终都要回归人本身，而人本身核心的东西就是情感。

从中国散文发展的源流来看，先秦时期诸子百家的散文，其实都属于政论文，不管是语录体、论说体还是寓言体，主要还是为阐述政治观点、政治主张、治国方略服务，具有很强的现实意义和功利属性，即使老子的"无为而治"也是很高明的治国思想。汉代散文上承先秦，比如，贾谊的作品有一股气贯穿其中，文辞上比先秦的可能更铺张，士大夫气也更足。到了魏晋南北朝，尤其是建安文学这一段，以曹操为代表的邺下文人集团形成，他们的作品带有强烈的个人色彩。这与先秦散文作者的政治家、思想家身份有了截然不同。当然，古代没有纯粹的作家，基本上都是官员写作，"三不朽"之一即"立言"，曹丕说"盖文章乃经国之大业，不朽之盛事"，把作文看得很重。文人主体意识的确立大抵就是从建安开始，有了魏晋风度、名士风流，文人的个性和趣味就鲜明起来了。

古代文人给自己设定了两条路，一条是庙堂，一条是江湖，进退有据。孟子说："穷则独善其身，达则兼济天下。"当然文人的最大抱负不是著述，而是建功立业、出将入相，"立言"排在"立德""立功"之后。譬如像李白这样狂放不羁的诗人其实做梦都想当大官。

刘江滨：中国是个诗文大国，诗言志，文亦言志。这个"志"是情志，更多是指志向和抱负。宋代周敦颐提出"文以载道"，载的也是大道，而非小道。

郝建国：即使小道的小情小调这些闲情逸致也多是官场失意后的产物，比如柳宗元写《小石潭记》，是被贬到永州后才有这种心境，在他显赫的时候肯定不会有这种情调。其实散文写作很难脱离现实的环境和人物的身份，作为纯粹的抒情言志的东西。我觉得这样难度相当大，当下其实也是。散文从文体上来认识的话，从古代一直延续到现代，思想性还是第一位的。

所以衡量一个散文家是不是散文大家，主要还得看他是不是个大思想家。

刘江滨：对。严格来说小说也是一样，作家都应该是思想家，一部（篇）作品的灵魂就是思想，有思想才有高度、深度和宽度。所不同的是，小说需要借助故事情节及人物"自然而然"地传达思想，而散文则可以直抒胸臆、自由表达。退一步说，即使没有高深的思想，也应该有所发现，有独到体悟。

郝建国：您作为一名散文写作的实践者，对散文一定有着深入的思考。您认为散文写得好或不好的评判标准是什么？刚才提到的思想性是一个方面，其他的呢？

刘江滨：除了思想，主要是语言、文体、情感。

文学是语言的艺术，和小说比起来，散文对语言的要求更高。小说那儿有情节和故事支撑，语言似乎是载体和工具，但对散文来说，语言就是第一审美对象，是通行证，语言不行一切免谈。

语言大体有华丽和朴素两种风格，但最重要的是准确，"吟安一个字，捻断数茎须"，这个"安"就是准确，准确了就安稳了，心安了，卯榫就能相对了。

初写散文的作者有个误区，以为语言华丽就是美，所以大量使用形容词，使劲铺排词采，极尽渲染。有句话叫"绚烂至极归于平淡"，还有一句话叫"唯造平淡难"。真正的高手反而是平淡的、朴素的，像周作人、汪曾祺、孙犁等大家，语言都很平实，近乎白描，但最见功力。

郝建国：我特别喜欢赵朴初的字，像枯树一样只剩枝干和筋骨，没花也没叶，只留根脉，特别有震撼力。再如鲁迅的《祝福》，祥林嫂穿什么样的衣服我们可能记不住，但她"眼珠间或一轮"给我们留下了深刻的印象。

刘江滨：我赞成你说的散文的核心是情感的观点。林非曾说散文要写"真情实感"，今天看来这好像是一个常识，但当时提出它是有特定的历史背景的。散文曾经历过伪饰、矫饰、虚假的阶段，能我手写我口，却不能我手写我心，所以"真情实感"论的提出非常有意义。散文的特质是情感，我们读散文首先考察是否被打动了、被感染了。读完一篇散文，情感没有被触动，心里没有泛起波澜，很难说它是一篇好作品。托尔斯泰说："艺术起源于一个人为了要把自己体验过的感情传达给别人，于是在自己心里重新唤起这种感情，并用某种外在的形式表达出来。"托尔斯泰特别看重作品的感染力，他提出："不但感染力是艺术的一个肯定无疑的标志，而且感染的程度也是衡量艺术价值的唯一标准。"在他看来，感染力的形成有三个条件：独特、清晰和真挚。

郝建国：托尔斯泰这个感染力标准应该也适合于散文。

刘江滨：没错。但我还找到了另外一个标准。一次读德国文化哲学家卡西尔的《人论》，看到了这样一段话："我们所有的人都模糊而朦胧地感到生活具有的无限的潜在的可能，它们默默地等待着被从蛰伏状态中唤起而进入意识的明亮而强烈的光照之中。不是感染力的程度而是强化和照亮的程度才是艺术之优劣的尺度。"这段话明显对"感染力标准"有一个否定，他强调的不是情感感染力，而是对意识的"强化和照亮"。这段话就像推开了一扇窗，令我豁然醒悟！有些东西在我们的意识中处于朦胧的模糊的蛰伏状态，看了某部（篇）作品以后被唤醒、被照亮了，就像一束阳光打在你的头上，朦胧的变明确，模糊的变清晰。我以为，这是古典美学和现代美学的一个重大区别，一个是情感的感染力标准，一个是意识的强化和照亮标准。

郝建国：我觉得这两个标准都很重要，卡西尔提出的这个是更高层面的要求。除了感动之外，还能照亮你的意识和人生，这就是经典的作用。照亮是能够穿越时空的，过一百年以后这个东西依然有意义，不会时过境迁。

刘江滨：强化和照亮，既有情感的因素，也有思想的因素，更有强度和锐度，这是对大作家的要求。

关 于 虚 构

郝建国：有关散文的虚构问题，多年来一直存在不同意见，有的人认为散文应该绝对真实，不能虚构，因为虚构是散文和小说的分界线；有的认为文学是一种艺术创造，虚构和想象是文学的本质属性，那么，作为文学的一种，散文自然拥有想象和虚构的属性。您觉得该怎么理解这个问题?

刘江滨:《史记》里面有许多细节、对话都是作者虚构和想象出来的,作为一部史学著作都可以,那么作为文学的散文为什么不可以呢?所有的文学都是想象的产物,虚构是文学的一个基本要素,所以散文肯定不可能排斥虚构,不可能像新闻报道那样完全忠实于事件本身。当然散文和小说的主要区别是,小说以虚构为主,散文以纪实为主,但可以适当地虚构、合理地虚构、局部地虚构。

比如说范仲淹写《岳阳楼记》之前并没有到过现场,但这并不影响他写出了千古名篇,这里依靠的是作者丰富的阅历和大胆的想象。

铁凝有一篇散文《河之女》,文中的"我"是一个年轻画家,男性,"胡子拉碴",很显然是虚构的。铁凝由此生发了一个著名的观点:散文河里没规矩。当然,也不是全无规矩,而是在自由率性中存在着隐然的规矩。

郝建国:许多散文是对往事的回忆,十几年、几十年前的事情你还能记得那么清楚吗?其中一些细节恐怕就需要依靠虚构和想象。

刘江滨:对。报告文学有一个原则叫"大事不虚、小事不拘",同样也适用于散文。作者写的事不是编的,是真实发生的,但是局部可以虚构一下。有没有这个动作,或者发生在哪个时候,在春天发生的挪到秋天行不行?当然可以灵活处理。

不改变它的基本真实，合理的虚构完全可以。文学的真实不是对生活的照搬，而是本质上的真实。另外，散文还涉及"书写他人的伦理问题"，如果要真实地描写生活中的矛盾、冲突甚至是阴暗、丑陋，这时必须要采取一些技巧，比如用假名，或者像美国散文家菲利普·罗帕特说的"虚构一个我来继续我的写作"。这个时候，如果坚持否认虚构，恐怕就难以写下去了。

关于散文的现状和存在的问题

郝建国：您写散文，也搞散文批评，那么，您认为当下的散文写作是个什么样态？

刘江滨：自20世纪90年代初韩小蕙宣告"太阳对着散文微笑"后，散文写作的确改变了新时期以来的沉寂状态，一批批散文家登堂入室，创作了不少优秀作品。一个重要的现象是，一批年老的学者加入了散文写作队伍，如张中行、季羡林、金克木、舒芜等，大手笔写小文章，大大增强了散文的文化含量和思想力度，审美之外又加审智的特点。余秋雨《文化苦旅》的出现，可以说是散文创作的一个高峰，带动和影响了一大批散文写作者。这之后，散文一直保持着稳定与繁荣的态势，出现了不少优秀散文家和散文佳构，但坦率地讲，并没有出现"现象级"的作家，稍显平淡了点儿。

郝建国：您觉得散文写作主要存在哪些问题呢？

刘江滨：就我有限的阅读视野，管窥蠡测，姑妄言之，不见得准确。

第一，散文陷入回忆的沼泽。

孙犁说过，散文是老年人的文体。也有人说，青年的诗歌，中年的小说，老年的散文。为什么这样说呢？可能就是因为散文特别适合老年人回忆，那种回眸忆旧的岁月沧桑感、命运感非有丰富的阅历不可。巴金的《怀念萧珊》、季羡林的《牛棚杂忆》、杨绛的《干校六记》等，都是老年回忆散文的佳作。回望人生，叙写往事，的确是散文的长项，可以说没有任何作家能够拒绝或排斥回忆类散文。报告文学和散文一个有趣的区别就是，一个喜写当下，一个擅写从前。往事历历在目，坐在书桌前沉湎于旧日的时光，笔下文字即可流淌出来。然而面对当下的日常生活却无从下笔，无从把握，好像必须经过沉淀、沉积、发酵，才能酿出酒来。回忆成为散文写作的一大源头，自然也无不可，也可以出佳作，但如果成为散文的主流审美特征，那么散文无疑会出现夕阳晚照、暮气沉沉的景象。

周晓枫有一篇文章《散文的时态》，我以为其对改变这种状况大有裨益。我们知道，英语是分时态的，现在进行时、过去完成时、一般将来时等。中国语言对时间的表述好像没有时态这一说，只有昨天、今天、明天、此时此刻等这样笼统的表述。周晓枫指出，中国散文充满了回忆的味道，写作都是终点的回望，从时态上说，就是过去完成时。解决问题的办法，就是"以正在进行时写作"。这不仅是手段，还是思维方式的改变。我以为周晓枫此文非常重要。

第二，历史文化散文存在的弊端。

如果从时间上分，散文有两大类，一是现实题材，一是历史题材。题材并无优劣高下之分，写好就行。以我个人的经验，历史散文比现实散文难写得多，必须事先做好案头工作，收集阅读大量书籍和资料，准备停当了才可以下笔。写历史散文要有做学问的功夫，要准确，不能失实，不能信口雌黄、张冠李戴。最容易出现的问题是资料的堆积，没有把资料化开，用文学性的语言再现。

再一个问题是没有观点，没有思想，炒冷饭，或者只停留在讲历史故事层面。如果只是重述史事，即使再生动，不打上自己的烙印，也没有多大意思，就成了霍俊明说的"历史解说词"或者导游词了。历史散文的出路是要"故事新编"，有新发现，出新观点、新成果。比如关于曹操，历史舞台上曹操都是白脸、奸臣的形象，包括《三国演义》都是崇刘抑曹的，但是，郭沫若写曹操最成功之处是替曹操翻案，把曹操的文学形象正面化。这是郭沫若将历史研究成果做了文学化的表述。

郝建国：写历史总得跟现实有所勾连才好，也就是说知古鉴今，有现实意义，还得出来点儿规律性的东西，对当代有所启发。如果纯讲故事确实没意思,你讲故事不见得比史书讲得更精彩,那还不如读《史记》原文呢。

刘江滨:对,司马迁是最会讲历史故事的人,《史记》多精彩呀!而且最后有个"太史公曰",那段话是最闪光的,观点在那儿呢。没有观点,没有思想,历史散文就没有魂魄。

第三,创新不足。

20世纪80年代文坛有个说法,叫"被创新这只狗追得连撒泡尿的工夫都没有",但现在这只狗似乎懒得追人了。人们一般比较看重作品的内容,看重作品写了什么,但其实作品的形式,也即怎么写,也是非常重要的。内容决定形式,但形式的反作用力也很强大,一个比较新鲜的"有意味的形式",可以使内容得到恰如其分的呈现。一般写作者容易轻车熟路,习惯重复自己,其实也是在重复别人或前人。所以有志向的写作者提倡"有难度的写作",追求"陌生化"。

余秋雨之所以成功,很重要的原因是他创造了一种历史文化散文的新文体,将游记散文和文化散文融合在一起,以前不曾有人这样写过。比如同样是写"魏晋风度",余秋雨和鲁迅就不一样。鲁迅更接近于研究,也是随笔。余秋雨把戏剧性的东西融入散文写作,比如,嵇康打铁;比如,刘伶让仆人拿把铁锹随时跟着,如果他醉死了可以随地埋葬,等等,具有很强的舞台视觉感。鲁迅是不会这样写的,余秋雨是把历史予以戏剧化地再现。

成功的散文家差不多也都是文体家。如鲁迅、周作人、张爱玲、孙犁、汪曾祺等人，他们的作品都有鲜明的标识度，从语言到形式，我们一进入文本就能知道作者是谁。

创新不足的原因，我认为，首先是缺乏创新意识，有艺术的惰性；其次是缺乏示范、借鉴或引领，这一点和诗歌、小说比起来差了不是一星半点儿。按鲁迅说的"拿来主义"，诗歌与小说可"拿来"的西方作品和理论太多了，几乎从每一个成功的诗人或小说家身后都可以看到"洋大师"的影子。而散文在西方是很弱的，西方对文学的分类通常是三分法，抒情文学、叙事文学和戏剧，或者是诗、小说、戏剧，散文常常被忽略。即使我们常提及的培根、蒙田、爱默生等几位西方散文家，其实也都是思想家、哲学家，和我们的孔孟老庄一样，高山仰止，够不着。再次，散文理论不够雄健。我们不缺对具体的散文作品的评论，更希望有真知灼见、独树一帜的散文理论的引领。

关于散文写作的核心

刘江滨：当下有许多作者热衷于写草木等植物，有人叫生态散文，也有人叫自然散文，我也写过若干，但我发现不少作者陷入了一个误区。

郝建国：我一直有个观点，如果把树单纯写成了树，画个猫就是猫，那就没味道了。就跟芭蕾舞剧《天鹅湖》似的，形象是天鹅，但音乐家要表现的肯定不是天鹅，要是真写一群天鹅那就没劲了。所以要在生态里面包含象征意味，含蓄蕴藉。你写的是树，其实说的还是人的事。文学是人学，无论写什么、写到哪儿，九曲十八弯，最终总要归到人。

刘江滨：一个作者给我看她的一篇散文，写秋天西山的红叶。我一看挺好，文笔优美，观察仔细，写叶子红了，还有深红、浅红，很有层次感，有油画般的美感。但是缺点就是你刚才说的那个，纯粹写景，没有写到人。

郝建国：写到人也有一个问题，就是虚头巴脑、生拉硬拽，为了升华硬加上一个哲理的尾巴。比如杨朔的《荔枝蜜》，里面有大量想象的东西，他可能就没去过那地儿，好多细节是不对的，他借酿荔枝蜜这件事说人的勤劳，确实有硬贴之感。

其实这个类似于寓言，寓言是要求故事里蕴含道理的。我认真研究过先秦寓言，好的寓言应该是道理蕴含其中，让人去体会，而不点破，因为所有的东西只要你说出来就窄了，人们对这个寓言的解读可能是十种，但是作者说出来了，就只剩一种了，反而限制了读者的阅读想象空间。散文大略也是这样。

关于散文的"融合"

郝建国：您觉得散文的未来发展方向是什么？散文文体会

有什么变化吗？

刘江滨：关于散文的走向，我曾在1992年《西北军事文学》4、5期合刊"散文专号"上发表过《散文走向略论》一文，面对刚刚兴起的"散文热"，我提出了四个走向：一是"解放散文文体，走多样化之路"，二是"建构深邃、雄浑的审美气象"，三是"语言形式的'陌生化'向度"，四是"呼唤'思辨散文'"。文章发表后，《文艺报》做了摘登。二十年后，即2012年，中国散文学会编辑的《中国散文》又全文做了转载。而今已经三十年了，其中一些观点我认为还是没有过时并且具有现实意义的。

当下提倡媒体"融合"，也就是不同介质的媒体形态结合起来形成一种多样化的样态，有的甚至产生质变促生新的品种。这里说的是新闻，那么文学呢？会不会也走融合之路？其实，散文诗，就是散文和诗融合产生的新的体裁样式。我以为，解放散文文体，"融合"或许是一条可以尝试探索的路径。

关于"融合"，恩格斯说："一切差异都在中间阶段融合，一切对立都经过中间环节而相互过渡。"现实世界里有"非此即彼"截然分开的事情，更多的却是"亦此亦彼"的状态。文学亦如此。散文的融合，就是吸取其他体裁的艺术成分或营养，比如诗歌的意象和象征、小说的故事和情节、戏剧的对话和冲突、评论的逻辑和思辨，甚至是绘画的色彩、电影的蒙太奇、雕塑的造型、音乐的旋律等。如果就是固执地坚持散文文体的纯粹，坚持彼此之间的差异和对立，恐怕就会陷入僵滞和枯萎的局面，将会走向绝境。周晓枫说过一句值得反思的话，"当一个写作者被称为'散文家'时，等于昭告天下：他既不会写诗，也不会写小说，无能得可怜"，而"小说家和诗人，都会写散文"。事实也的确如此，许多散文写得好的作家恰恰他们的身份标签不是散文家，其原因之一就是他们将自身的艺术因子自觉不自觉地带入散文中，使散文的肌体变得充盈壮硕。还有一个说法叫"跨界写作"，没人规定也不可能规定一个作家只能写一种体裁。各个文体之间越来越呈开放敞开的姿态，你中有我，我中有你，边界趋于模糊，融合或为大势。

郝建国：文体的界定，实际上是理论家的事情，作家不一定脑子里非得有什么框框，一切形式都服从于自由表达的需要。

刘江滨：没错。西方文学的三分法，叙事文学就包括叙事诗、散文和小说。从中国文学史来看，古代就只有两种体裁，一个是诗，一个是文，因为二者区别得非常明显，即有韵与非韵。非韵的一概称为文章，呈大融合之状。比如《史记》，我们通常把它视作历史著作，它是"二十四史"开山之作，但它还是文学著作，是小说，是散文，是戏剧，是传记。所以鲁迅评价其为"史家之绝唱，无韵之离骚"。按说历史是不能虚构和想象的，但《史记》中就存在，比如说《鸿门宴》中那么多细节、对话、表情都是虚构想象出来的，樊哙"瞋目视项王，头发上指，目眦尽裂"，正常来讲，作者不在场是不能这么写的。《史记》开创了融合的先河，如果那时有那么多文学理论的框框，司马迁就不敢那么写了，也就没有了这部皇皇巨著。

还有，词本是诗的一个变体，是诗和音乐融合的产物；戏剧是诗词和舞台、歌舞融合的产物；小说则是从神话、寓言、笔记、故事、传奇以及话本等衍生而来的。可以说没有一种体裁是完全独立的。许多新的艺术品种、艺术体裁的产生，都是打破了原有的文体界限，在融合中裂变而出的。

所以鲁迅说："散文的体裁，其实是大可以随便的，有破绽也不妨。"这与金人王若虚所言的文章"定体则无，大体须有"意思吻合。

当然，必须说明的是，我所说的"融合"是要打破文体之间的自我拘囿、自我束缚，勇于创新，大胆试验，而并非要消弭散文的文体属性。

郝建国：我很认同您的观点，让我们一起进行有益的探索，一起期待当下散文创作新的惊喜吧！

(《当代人》2021年第9期)

作家的门槛

郝建国：师兄好！咱们又见面了。去年咱俩的对谈《散文的源流与写作》在《当代人》杂志发表之后，引起了一些关注，中国作家网、中国散文网、《河北作家》等多家媒体予以转载，说明这种对谈的形式，得到了一定程度的认可。我想，原因大概是：深入浅出，将理论问题通俗化，更加关注实践层面。既然大家喜欢这种形式，那么今天我们就再谈一个新的话题：作家的门槛。我从事编辑工作二十五年了，既做编辑工作，也做编辑管理工作，在工作中经常有一些不吐不快的烦恼。比如，编辑大量的时间花费在原本应该由作者完成的工作上；编辑和作者原本应该是互相依存、共同成就的关系，却由于认识上的不一致，存在很多不和谐、不顺畅、不愉快。其实，作家是有门槛的，只有跨过了这道门槛，才能算是一名合格的写作者。规范写作者的行为，不仅十分必要，对写作者水平的提高也是至关重要的。您也曾经是编辑和编辑管理者，现在主要从事散文创作，不知是否有同感？希望我们能就此话题敞开心扉、畅所欲言。

刘江滨：我觉得写作门槛问题的确是编辑工作中的一大烦恼，给我们带来了很大的困扰。现在是自媒体时代，开个微博，弄个微信公众号，都可以"发表"作品。从好的方面说，作者的队伍变大了，"发表"的容易调动了大家的写作积极性，但从另一方面说，对作者的要求降低了，作者自己给自己当编辑。而正规的报刊社、出版社对每一篇（部）要发表（出版）的作品都需要把好几道关，你的作品如果水平不够，是不可能发表或者出版的。这就是说，发表或出版是有一定难度的。这种"易"和"难"构成了一对矛盾。这个难度就是门槛。

有不少作者的稿子在自媒体发了之后，收获了许多点赞，这令作者自我感觉良好，将稿子投给报刊如果没有发表，会对编辑产生"不识货"的抱怨。所以，现在许多报刊告知作者所投稿件不能在网上搜索到，当然包括自媒体。作家的门槛是什么呢？我以为，是基本功，包括语言能力、文学常识和审美素养。所以，我们谈的其实是写作的一个底线问题，是对写作者的一个基本要求。但是，必须指出的是，这个问题不仅适用于一般作者，同样也适用于一些作家，甚至是知名作家，以我的编辑经历来说，有的作家基本功不扎实，经常用词错误、标点滥用、语法混乱、"的地得"不分，这不禁让我对经典作品产生了担忧。因此，今天我们两个"老编"谈谈门槛的话题，希望不是毫无意义。

郝建国：不客气地说，我们收到的书稿有很多是不合格品。咱们今天的这个话题其实更多的是形而下的，就是在操作层面上。要探讨纯理论的更高层面的要求的话，那可能得采取另外一种方式了。咱们这次就归纳一些常见的问题，主要是起到提醒的作用。

体裁与题材

郝建国：想做一个合格写作者的话，首先要找到合适的方向。方向关涉两个方面：一是对自身要有个清醒的认识，找到适合自己写作的体裁；二是研究时代，找到适合自己写作的题材。

一个作家，由于生活阅历、专业背景、兴趣爱好、语言能力等不同，并不适合所有的体裁，换句话说，往往更适合一两个体裁。比如说，诗歌更需要发现和抽绎生活的本质，需要较强的形象思维和精练的语言，需要点燃内心的激情，营造意境；短篇小说需要在较短的篇幅内讲好精彩的故事，对语言的感染力和人物塑造能力要求较高；长篇小说需要具备较强的结构能力和广博的知识储备，能够掌控对众多人物的塑造，一般反映宏大的主题；中篇小说介于短篇小说和长篇小说之间，要求适中；报告文学需要具备很好的选题发掘能力和对时代的敏锐感知能力；散文似乎在所有体裁中门槛最低，人人可为，但易写难工，从众多的作家作品中脱颖而出并不容易，不仅需要学识，还需要描写、刻画、抒情等多种能力。找到自己最适合的体裁，并坚持不懈，就容易走向成功。当然，有一些作家在擅长某一个体裁的基础上，又兼涉其他体裁，但一般会主攻一项。初学者更应先主攻一项。

刘江滨：同意你的观点。人的精力毕竟有限，面面俱到很难达成所想，专于一体可能更容易接近成功。每个作者，都有自身的长处和优势，还得结合起来。铁凝曾讲，作家成功的一个秘诀，就是找准自己的方向。这个"方向"，我以为就是作者擅长的"兵器"，还有开掘的领域。即便像鲁迅这样祖师爷级的大师，也不是样样精通，平生就没有写过长篇小说，也极少写诗，他给《集外集》作序时说："……也做了几首新诗。我其实是不喜欢作新诗的——但也不喜欢作古诗——只因为那时诗坛寂寞，所以打打边鼓，凑些热闹；待到称为诗人的一出现，就洗手不作了。"所以，人贵有自知之明，选择适合自己的表现方式很重要。我们给某某贴上小说家、诗人、散文家、报告文学作家等标签，其实这些作家也兼写别的，但成就他的恰是适合他的。比如，去年陈福民写的那本《北纬四十度》，在文坛产生了很大影响，被誉为历史文化散文的新样本。我看了以后也由衷地佩服，写得真是太好了。这部作品之所以好，和陈福民个人的优势是密切相关的，他是学者，研究文学、研究历史是他的专长，他着眼于古代中国北纬四十度左右的地理区位，对历史上各朝代的民族矛盾与融合问题进行辨析、挖掘，重新阐释，再加以亲历体验，并赋予其时代感、现实意义，大获成功。这种成功，别人只有眼馋、钦佩的份儿，因为一般作者不具备陈福民的学问功夫和研究能力。同样，陈福民如果选择其他体裁写作，也可能被众多作家、作品淹没，因为具有同等才华的作家不在少数。

郝建国：体裁之外，是题材。一部（篇）作品，题材的选定，对其成功与否具有重要的影响。虽然我们不认可"题材决定论"，但选什么，对作者而言，也是个吃功夫的事情。我觉得一个作家，必须研究时代，融入时代的洪流，把握时代发展的脉搏，反映时代发展的脉动，才可能创作出优秀的作品。对作家而言，写什么重要，不写什么可能更重要。我们收到的来稿中，有很多不关注时代的反面例子，比如，自说自话，写个人琐事或家族历史；写自我内心，自我陶醉于所谓的成功；闷头故纸堆，戏说历史；写色情、暴力等禁忌话题，制造文字垃圾。其实，国家对作品的内容有明确的规定，任何出版物不得含有反对宪法的基本原则，危害国家统一、主权和领土完整等内容，任何写作者都必须严格遵守。您在写作中，肯定也会涉及题材的选择，您是怎么思考这个问题的？

刘江滨：鲁迅说过，"选材要严，开掘要深"，我对这个体会挺深的。尽管不认可"题材决定论"，但一个好的题材却是成功的一半。写作归根结底就是两个方面，写什么和怎么写。万花筒般的大千世界可以纳入笔端的实在太多了，这时候，严格选材就变得十分重要,不能逮住啥写啥。这就要选择你熟悉的领域、有深刻生命感知的人事,还有尽可能新鲜的、能引起社会关注和共情共鸣的以及有意义的事情。比如,刘心武的小说《班主任》,徐迟的报告文学《哥德巴赫猜想》等,不见得作家的艺术才华就高于别人,但是选材好,与时代紧密合拍,故引起强烈反响,在文学史上留下了开创性的一笔。铁凝的很多作品,像成名作《村路带我回家》,还有《哦,香雪》《麦秸垛》,包括后来的《笨花》都跟她在河北博野的那一段知青经历有关系。她在农村生活过,对农村的事熟悉,写起来就显得特别游刃有余。如果她一直在城市生活,可能就只能写《玫瑰门》《无雨之城》《大浴女》这样的城市题材的作品了。我个人觉得,怎么写,体现了一个人的艺术表现能力和创新能力,这倒不是最难的,而写什么,却是最让人大费脑筋的,譬如锦衣夜行,因为选错了时间而毫无意义。

语言与表达

郝建国:文学是语言的艺术。要成为合格的写作者,迈入"作家的门槛",必须先过语言关。语言关的意思是,使用规范汉字,正确使用数字、标点符号等。在这方面存在的问题很多,即使已经成名的作家,也很难不出错。比如,数字用法,我们编辑会把不少工夫花在这个上面。一个是统一问题,咱们现在讲究国际化，就是尽可能使用阿拉伯数字，特别是学术书和理工科的书，有一套严格的规范，但是文学作品可以除外。除外不是说你可以随便混用，而是必须选择统一使用阿拉伯数字或汉字数字。比如，在这儿"三个人"用的是汉字，那其他所有的地方，"五个人""七个人""八个人"都得用汉字，而不能用"5个人""7个人""8个人"。反之亦然。编辑工作最重要的原则是统一，不统一就会出现编校质量问题。再比如，引用语末尾的句号是放在后引号外边还是里边的问题。引用一句完整的话，句号在里面；引用不完整的一句话，句号放外边。还有儿化音的问题。比如，一会儿、一点儿、小孩儿，好多作者不理这茬儿，大量的文学期刊和出版社似乎也都不在乎。其实《现代汉语词典》上都有词条，这就是规范。还有三组数字问题：阿拉伯数字1234567890，汉字数字一二三四五六七八九〇，大写数字壹贰叁肆伍陆柒捌玖零，这是三套体系，不能混着用。比如说，"2022年""二〇二二年"，写成"二零二二年"就错了。

刘江滨：这确实是一个大家习以为常的现象。在我们接触的稿件中，繁简混用、异形词随意使用、成语误用的情况经常出现，分不清"的""地""得"的大有人在，的确给编辑工作带来了不小困扰。我再补充一些例子，比如，"一位囚犯"混淆了量词的感情色彩，"位"是含有敬意的；"我的拙著"属于画蛇添足，"拙"是谦辞，即"我的"之意。在我读到的一些名作家的作品中，居然也出现了低级的语言错误，比如，把"阑珊"当辉煌用，把"难以望其项背"写作"只能望其项背"，意思都弄拧了。还有敬辞和谦辞搞不清，主谓宾不搭等语法错误，等等。这些看似细节的问题，其实说明语言基础不牢，如品美食，一粒沙子难免败坏人的胃口。我在《文学自由谈》曾发表过《且让小僧伸伸脚》和《校雠一本传记文学》两文，专挑一些作品语言文字类毛病。长期的编辑生涯让我形成了一种习惯，眼睛里不能揉沙子。一个优秀的作家一定是一个优秀的语言学家。鲁迅就是一个语言大师，比如他的小说《祝福》用"间或一轮"描画祥林嫂的眼睛，非常传神地写出了人物的生存状态，给我留下了深刻的印象。林语堂、钱锺书、叶圣陶等人的语言都非常好，能入选课本当范文用。如果一个年轻作家语言好的话，就具备了成长的广阔空间。说到底，文学毕竟是语言的艺术。

有的写作者确实有语言天分，但徐则臣说得好，再大的天才也需要经过训练。况且有不少写作者，不是科班出身，没有受过基本的语言训练，必须得补补课，找本教材看一看、学一学，语言先规范了、顺畅了、生动了，才能谈得上未来。

郝建国：我觉得要学语言的话，《论语》其实是最好的教材，比如，"岁寒然后知松柏之后凋也"，诗一样的语言，既简明，又有意象，这是最好的文学语言，不一定非要特别热烈。在语言方面，还存在一个"质"与"文"的问题。很多初学写作者，比较喜欢堆砌华丽辞藻，认为这是有文采的表现。您怎么看待这个问题？

刘江滨：论述文与质关系的提法，源自《论语·雍也》。原话是："质胜文则野，文胜质则史。文质彬彬，然后君子。"意思是，质朴胜过了文采，就会显得粗野；文采胜过了质朴，就会显得虚浮。只有质朴和文采配合适当，才可能成为君子。原本是谈如何成为君子的问题，但借用来谈文风问题也是适用的。过分强调华丽的辞藻，会流于华而不实；而过分地强调质朴，则会陷于干瘪无味。好的语言是既很好地传达了本意，又具有蕴藉和生动之美。其实，《论语》就做出了典范，比如你刚才说的"岁寒然后知松柏之后凋也"，还有"知之为知之，不知为不知，是知也"，"子在川上曰：逝者如斯夫，不舍昼夜"，等等，有节奏，有韵味，值得深刻体味。

郝建国：有的初学写作者，以为辞藻华丽就是美，其实没有力量。我特别喜欢刘建东的语言，既简洁又生动，特色太鲜明了，作家里面他是独特的风景，三个字能表达的，坚决不用第四个字。最早读他的短篇小说《我们的爱》，就觉得语言太棒了，就像歌唱家唱歌一样，没有杂音。这是高要求，但一个作家的语言至少要是通畅的、没有阅读障碍的，读完是愉悦的、享受的。

刘江滨：对语言的要求，第一是准确，第二是生动，第三是传神。现在很多作者连准确都做不到，也不肯下"推敲"

的功夫。还有一个值得注意的问题,中国汉语具有特别的典雅优美,色香味俱全,语言本身就是审美对象,读李白、杜甫,读苏轼、张岱,读《红楼梦》《三国演义》,真是口齿生香,回味无穷。而现在大量的作品或许受欧化的影响,丧失了汉语传统的风雅韵致,只是把语言当成一个载体和工具。在现当代作家中,柯灵、余光中、董桥对语言都非常考究,张爱玲研究《红楼梦》,受其影响,文字有古典的衣香鬓影,还善于运用修辞,如"生命是一袭华美的袍,爬满了蚤子","红玫瑰与白玫瑰",等等,金句频出,令人难忘。

细节与结构

郝建国:现在的文学作品存在一个挺大的问题——不感人,作者哇哇说半天,读者看后没感觉。我这一年看的文学作品不少,也不管它获的是什么奖,真正让人心有所动的不多。不只是初写者,作家其实也都不同程度地存在这样的问题,原因就在于缺乏细节。我觉得,一个作家的影响力,或者说层级,除了语言之外,还跟细节有关系。就是看你能不能深入生活里面去,捕捉到具有代表性的感人细节,并把它描绘出来。这不是一般的细节,而是要跟时代发展的韵律、你的主人公的那种境界合上拍。有些东西,没说到点上,絮叨了半天也是做无用功。

刘江滨：这个涉及一个文学概念，就是叙述和描写的问题。我最近每次做完讲座之后，都有一些写作者加我微信，请求指点。看了许多稿子，主要存在的问题就是全是叙述，缺乏描写。描写就是刻画细节，将环境、事物、人物表情和动作等具体化描述。诗歌、小说、散文、报告文学，都涉及描写的问题。没有描写，就不生动，也就不感人。所谓活灵活现、绘声绘色、如身临其境都是通过描写特别是细节描写来实现的。光有叙述而没有描写，那就是笼统的、模糊的。比如鲁迅《药》的一段描写："华大妈在枕头底下掏了半天，掏出一包洋钱，交给老栓，老栓接了，抖抖的装入衣袋，又在外面按了两下。"如果光是叙述那就成了"华大妈在枕头底下掏出一包洋钱，交给老栓，老栓接了，装入衣袋"，并不影响情节，但那种细微生动的人物心理也就没有了。我们说哪篇作品文学性不够，就是描写的手段不足。现在大量的报告文学，特别是主题出版物，有报告，无文学，罗列事实，演绎主题，缺乏生动的细节，不堪卒读。一部（篇）作品要有灵魂，即所谓的画眼睛。那个眼睛你没画出来，哪都弄得好好的，就是眼睛不传神，也算不上一部（篇）好的作品。从某种意义上说，细节决定成败，不光是写作，任何事情都是这样。

郝建国：一部（篇）成熟的作品，除了要讲究细节，还要讲究结构。结构，就是一部（篇）作品的叙述层次或顺序。大家常见的，比如说时间顺序、空间顺序，这是最简单的，如果一部（篇）作品只是这种结构方式，就太惯常而没有吸引力了。一个写作者，需要在结构上下功夫。而结构即反映的是一个写作者的思维逻辑，如果思维混乱，结构上就会有问题，表现在作品中，就会出现重复、反复、啰唆等问题，造成阅读障碍，更难言阅读快感。

刘江滨：是这样。如果说细节体现了细部的质地，那么结构就体现了大局观、整体观，体现了作者的组织能力和驾驭能力。所谓布局谋篇即指结构。譬如一些精美的丝线必须自出机杼，才能织成一匹灿烂的锦绣。小到一篇文章，大到一部鸿篇巨制，都需要结构的设计营造。一部（篇）作品好的结构，是作家深思熟虑的结果，更是千锤百炼的产物。好的结构除了要加强文学理论的学习，还需要大量阅读，在对经典的阅读中寻找和品味结构艺术，变成自身的营养，才可能在需要的时候自然而然地出现。特别是长篇小说，人物众多，情节复杂，线索繁复，结构尤其重要。结构就是构筑大厦的四梁八柱，要稳得住，不然就倾斜了，甚至坍塌了。

态度与使命

郝建国：作家的写作态度，是个十分重要的问题。态度关涉两个方面：一是写作态度，二是对待自己作品的态度。我们经常跟各种各样的作者打交道，有的态度极其认真，采访深入，写作虔诚，态度谦逊，沟通顺畅，把自己的作品视若孩子，百般爱惜，对编辑提出的修改意见，虚心接受；有的则采访敷衍，写作应付，态度蛮横，沟通困难，对自己的作品盲目袒护，不允许提意见，对编辑缺乏应有的尊重。其实，一部（篇）作品的好与坏，一个写作者的高与低，态度是个分水岭。前述的细节不突出、主题不恰当、语言不精美的问题，都跟态度有着直接关系。态度决定行为，行为决定结果。

刘江滨：现在很多作家沉不下心来。每年的作品汗牛充栋，为什么大家还觉得没书可读？前些年还有一些大家口口相传、互相推荐的书，现在很少了。这可能还是跟写作者的态度有关系。人家十年磨一剑，你一年磨十剑，剑的质量肯定不一样。我听到的消息都是，某本书还不错，但是按照经典传世的标准要求，还差得远。好多作品的创作是冲着获奖去的，功利性很强，为了取悦评委，你喜欢什么我就弄什么。这种态度，很难出真正的传世精品。不是否定参与评奖和获奖，关键是写作指向是什么，即为什么而写作。

郝建国：您谈到的这个，是写作的终极问题，即写作的使命问题。归纳一下，有意思的是，我们今天其实谈了三个问题，第一个问题，是写什么；第二个问题，是怎么写；第三个问题，是为什么写。

刘江滨：我们谈"作家的门槛"，好像是在谈论一些常识问题，其实有些貌似入门的"槛内人"，也时常做着有悖于甚至是冒犯常识的事情,需要重新审视。学无止境,艺无止境,循序渐进,前行不止,入门,升堂,入室,究其阃奥。文学只有下限而无上限,写作者永远在路上。

(《当代人》2022年第7期)

文学的权衡

郝建国：师兄好，又见面了。咱们至今做了两次对谈——《散文的源流与写作》《作家的门槛》，在《当代人》发表后都引起了一定的反响，中国作家网等数家媒体转载，有不少读者包括一些文化名家在朋友圈转发。有朋友希望我们将对谈继续下去，感谢这份鼓励。做了多年文学编辑，我有一个深刻的感知，即写作者在创作生涯中会遇到一些两极问题的撕扯，或多或少会形成矛盾和纠结的心态，用一个成语说就是"首鼠两端"，比如，读与写，多与少，道与器，等等。我想咱们今天就这个话题，谈一谈看法。

刘江滨：你提出了一个很有意思的话题。从哲学上来讲，矛盾存在于任何客观事物中，并贯穿于事物发展的整个过程，如何辩证地看待并予以解决，是对人的一种考量。从写作上来讲，有的人可能意识不到这些矛盾的存在，浑浑噩噩地跟着感觉走，有的人可能意识到了，但不是很自觉、很清晰，或者找不到解决之道。所以，深度聊一聊或许是有意义的。

郝建国：那咱们就言归正传。

读 与 写

郝建国：读书与写作，对作家来讲，按说不应是矛盾的，而是相辅相成的，但在某种程度上确实形成了一个矛盾。如果过多的时间沉浸在读书中，那么相应地就会写得少，相反如果每天给自己设定字数埋头笔耕，哪还有时间看书？就我的了解，有两种情况：一种是作家读书不多，好多中外经典名著都没看过，跟他一聊就知道底细，基本上就靠天赋写作；一种是作家深藏不露，饱读诗书，满腹学问，但是疏于着笔，很是可惜。读与写本来应是一对佳偶，却成了怨偶，这就形成了矛盾。其实，这不光是时间分配问题，还是观念和认识的问题。请您结合自己的经历来谈一谈吧。

刘江滨：你说的两种情况还真是这样。我曾经花了两个月的时间读完了托尔斯泰的《战争与和平》，以前我读过托翁的《复活》《安娜·卡列尼娜》，读《战争与和平》属于补课。为什么要补课呢？因为它是典型的史诗性作品，你不读它就不明白究竟什么是史诗性作品。现在有些作品动辄被戴上"史诗"的桂冠，十分好笑。我在朋友圈发了一条有关信息，有好几个知名作家留言坦承没读过，原因是"望而生畏"，一百万字，太费时间了。我的一位作家朋友没读过《红楼梦》，我极力劝他补课，一个中国作家连《红楼梦》都没看过还好意思说自己是作家？有些书是必读的。你说的第二种情况我也遇见过。有位朋友藏书丰富，学问深湛，见地精辟，令人佩服。然而，他不写，几乎没有作品。我一直视之为世外高人，认为他总有一天会一鸣惊人、一飞冲天，但始终没等到。这也说明，读书多也不见得写得就好，即所谓眼高手低。这是一个辩证的问题。

在读与写的关系上，必须承认读书是写作的基础。没有一定文化水平，没有读书的积累，显然不具备写作的能力。这是一个常识。人们对世界的认识来源，一个是生活，一个是读书，一个是直接经验，一个是间接经验。我们看到和经历过的事情是有限的，大多需要从读书中获得知识和经验。读书让我们穿越了岁月，穿越了空间，无远弗届。你看文学史，凡是大作家都博览群书，他们的文化底蕴，还有思想的深刻，都来自读书。比如中国现代文学的开山之作、鲁迅的第一篇小说《狂人日记》，就是受到俄国作家果戈理《狂人日记》的影响，倘若鲁迅没有读过并翻译了这篇小说，文学史就将改写。中国新时期小说家几乎都是通过大量阅读西方小说找到了可资学习借鉴的对象，如莫言之于马尔克斯，韩少功之于卡夫卡，余华之于博尔赫斯，我省作家刘建东、李浩受卡尔维诺的影响也很明显。写作者不看书，视野、格局都会大受局限。散文家周晓枫说她每完成一篇作品后，都必须看本书，不然的话就难以为继，觉得亏电了。读书是作家充电的过程，不断汲取能量，才有能力继续写下去。

郝建国：还有一个问题，就是读书的专和杂。写散文的肯定不能只读散文，诗歌、小说也要读，而且也不能只读文学作品，历史、哲学、美术、音乐、建筑甚至科学类的著作也要读，所以要博览群书。像《红楼梦》博大精深，可谓"百科全书"，涉及的知识太丰富了，连药方都有。书中有大量的诗词，像林黛玉的《葬花吟》，多棒！这些诗词有唐诗宋词的影子，好多的意象和用法都来自对古典的传承，对古诗词肯定得有一定的研究才能写好。

我们花山文艺出版社最近出版了路也的一本随笔集《蔚然笔记》。路也是诗人，也是大学教师。这本书讲古代诗人与植物的关系，这需要海量的阅读。《诗经》《楚辞》以及陶渊明、苏轼、纳兰性德等十来个人的所有诗词，都必须通读才能下结论。这本书的难点和价值就在这儿。我最近想写一篇书评，题目都想好了，《路也〈蔚然笔记〉的当代意义》。这本书的写作完全是读书的结晶，是读书和写作密切关系的一个方式的体现。另外，路也能获得鲁迅文学奖，跟她读书多、底蕴厚有关。

刘江滨：是这样。凡大作家一般都是有大学问之人。我曾在高校讲授现代文学，发现不少名作家都教过书，比如鲁迅、周作人、胡适、闻一多、林语堂、朱自清、沈从文等皆为饱学之士。林语堂自我评价"两脚踏中西文化，一心评宇宙文章",超级自负,这是读书多才有的底气。长期以来一直流行一个观点,说"作家不是培养出来的",或者"中文系不培养作家",实际上是错误的。当下作家大学中文系毕业的不在少数,如果作家不需要培养,那鲁迅文学院就没必要办下去了。我一直喜欢山东作家张炜,对他的《古船》《九月寓言》《家族》等作品推崇备至。最近读了张炜的几本书《读〈诗经〉》《唐代五诗人》《斑斓志》,愈发佩服。这些书展示了张炜学识深厚的一面,真是了不起。譬如《唐代五诗人》,对王维、韩愈、李商隐、杜牧、白居易每一位的研究都特别透,可以说他看过每个诗人的几乎所有作品,看过关于这个诗人的几乎所有评论,这个阅读是非常耗费时间的。而且更关键的是,张炜的研究不同于其他学者,他糅进了诗意与审美,投入了激情,新见迭出,别出心裁,既有文学作品强烈的感染力,又有学者的严谨,更有思想家的深刻洞见。一个作家到了这个份儿上,可以称之伟大了。张炜有句话说得非常精彩(大意):我们应站在潮流之中,更应站在潮流之上;我们应处在时代之中,更应处在时代之上。所以我觉得,生活给予我们血肉之躯,思想赋予我们灵魂,而思想来源于读书与思考,甚至可以说,读书积累到了什么高度,你的思想就能达到什么高度。

郝建国:还有一个,就是作家要把自己放到一个大的坐标上去考量,这点也很重要。他读的东西多了,就会自觉地把自己放到一个博大的海洋里边去看,自己这只船的大小就不一样了，也就只是一叶扁舟罢了，应了那句话"学然后知不足"。读书影响着作者对自己的定位，也决定着作品的高度和个人的思想高度。不读书的作家必定行之不远。

刘江滨：但作家最终要靠作品说话。作家读书和一般读者不一样，不只是提高修养、丰富内心、充实灵魂，还是为了写得更好。不读书或读书少肯定写不好，然而读书破万卷也不见得下笔就如有神，这里边有个转化的能力、实践的能力。

多 与 少

郝建国：咱们再说说多与少的问题。现在有好多作家写的东西很多，但就是找不出代表作来。过去我在大学当老师的时候，历史系有个张恒寿先生，厚积薄发，一辈子可能就写一两本书，论文也很少。可他的论文，全部上顶级刊物，一发表就很有影响力，不写是不写，写了就是有新发现。

"慈母手中线，游子身上衣"，这句诗家喻户晓，作者孟郊名气不算大，但人家有这两句，就可以千古流芳。"所有的作家都是在创作代表作"，你说的这句话，我印象很深，特别认可。现在这部（篇）作品是我的代表作，下一部（篇）作品超越了这个，才有意义，如果你没超越，后边所有的东西严格来说都没有意义。刘建东说，写到一定份儿上，多一个少一个又有什么关系？这些年刘建东的作品数量不算多，但他一直在寻求突破，精益求精，终于获得了鲁奖，使他的创作达到了一个新高度。一个作家一辈子可能就写一部（篇）作品，他也可能是个伟大的作家；有的人一辈子写一百部（篇）作品，也未必是个伟大的作家。

刘江滨：有的人以著作等身为荣，有的人提倡一本书主义。其实一个人的文学成就和地位，和作品数量真没有太大关系。

我讲个故事：一次美国召开作家会议，一位女士悄悄坐在最后一排。她旁边一位男作家夸夸其谈，说自己写过多少东西，出过多少本书，然后问她：你都写过什么作品？这位女士有点儿羞怯，说：不好意思，我就写过一部小说，叫作《飘》。这位男作家立刻傻眼了，原来眼前这位女士就是大名鼎鼎的玛格丽特·米切尔。她一生只有这一部作品，而且写了将近十年，但这一部就足够了，因为它成了不朽的世界名著。

像这种情况也不少，如奥斯托洛夫斯基也就一部作品《钢铁是怎样炼成的》，他只活到了三十二岁。陈忠实的长篇也就一部《白鹿原》，他说要写一部"垫棺作枕"之作，他做到了。反过来，国内有的作家，非常知名，说起名字人人皆知，但若问他写过啥，却人人摇头。如此，写得再多有什么意义呢？

作家每写一部（篇）作品，都应该把所有的精力、气力、能力都用到里边去，以全部的生命和心血投入，有一种孤注一掷的决绝和勇气。比如路遥,他写《平凡的世界》耗尽了全部的生命能量,写完最后一个字,他把笔撅断扔到了窗外。文学史上有许多三部曲,算不上成功,就是因为第一部用完了所有的储备,后边那两部有些有心无力。巴金的"激流三部曲"就是这样,《家》写得很饱满,很充沛,确实为经典之作,后两部《春》《秋》就苍白、孱弱了许多。其实有没有《春》《秋》,一点儿都不影响巴金的成就。

作家写作,气很重要。刘勰在《文心雕龙·养气》中说:"钻砺过分,则神疲而气衰。"所以要"养气"。作家的气在充沛浩荡的时候,肯定可以写出好东西;在"神疲而气衰"的时候,硬写自然就差。写得太多,肯定会出现气散和神衰的状况。我写作时就有这种感觉,气特别壮的时候,写出来的东西就好;有时候气绷不住了,特别懈,东西就会写得稀松。所以,作家写作,应努力像刘勰说的那样"清和其心,调畅其气",把那口气绷住。

郝建国:多与少,跟作家的投入有关,跟作家的精力也有关,关键要根据自身情况。如果气量足,可以多写,量大质也能得到保证。多与少,还跟作家的积累有关。比如说铁凝,她的作品有农村题材,如《哦,香雪》《麦秸垛》等;有城市题材,如《玫瑰门》《无雨之城》《大浴女》等;有历史题材,如《笨花》等。这与她的插队经历、城市生活和家族历史都有密切的关系,这些积累造就了她的多产。

有的作家作品很多，但没有大家认可的好作品，原因就是耐不住寂寞。这其实涉及写作者坚守的问题。一个作家成名了，各个出版社、报社都在约稿，这个时候能不能坚守，就是个问题，特别是涉及利益的时候。这对作家确实是个考验，就看作家能不能坚守对作品的这种质量要求和价值观。就是有感觉了我写，没感觉我不写，你给再多的利益我也不去写，我要坚守住。说到底还是个态度问题，是活给当下的还是活给未来的。我不知道您怎么想，任何作家都希望走到未来，希望一百年以后哪怕留下一篇、留下一段，都很有意义。任何作家都会有这个梦，愿意跨越历史，但这真的跟多与少没关系。唐代有近五万首诗，两千多名诗人，李白、杜甫、白居易水平高，留下的多些，而大多数人能留下一两首就不得了了。

刘江滨：张若虚的一首《春江花月夜》，被誉为"孤篇盖全唐"，一首顶别人多少首？他有这一首就足够了。

郝建国：我们出版讲一本书主义，就是一部（篇）作品把它做到最好，就仗着这一本书吃饭。作家也是，就靠一本书打天下。就看你有没有这种勇气，把所有积累用完，打造一部经典之作。

我在大学当老师那会儿，做讲师之前，经常给书商写些乱七八糟的东西，评上副教授之后，署名就慎重了，不敢随便写东西了。作家也是，要把自己的名声看得无比重要，自爱自珍，时刻想着这就是我的代表作，我要对得起它，不能随便乱来。现在咱们一些作家写得太多,其实跟这大有关系,把作品看轻,对自己的作品不够尊重。

刘江滨:有个专业作家说,我就是吃这碗饭的,不写干啥呀?他把写作当成了生计,靠惯性写作。他那写作是水龙头,拧出来的是水,不是血。而创作应该是血喷出来的,心血以寄,情感以寄,性命以寄。许多作家贪多贪大,写小说的要写长篇,写诗的要写长诗,写散文的要写大文章,好像不如此便显示不出分量,奠定不了地位,其实古代那些脍炙人口的文章不都是短文吗?鲁迅除了杂文,真正的文学作品也不多,也就《呐喊》《彷徨》《朝花夕拾》《野草》《故事新编》几个小册子。他一生没有长篇,曾想写长篇《杨贵妃》,还专门到西安考察,结果因准备不足没有动笔。浓缩的是精华,稀释的是水分。写得多只能说你勤奋,并不能说你写得好。写得多的原因之一,就像你说的耐不住寂寞。对这有个形象的说法,就是一个星期在报刊上见不到自己的名字就发慌,不断地刷存在感,保持一个活跃的态势,唯恐被人遗忘。

道 与 器

郝建国:道与器,也就是思想和艺术的关系问题。我觉得,现在存在两个方面的问题,一个是有主题没思想,缺乏独立思考;一个是思想无比正确,但是艺术方面乏善可陈。实际上一部（篇）作品尤其是小说，故事引人入胜，感情扣人心弦，人物栩栩如生，这些都非常重要，但最终能代表作品高度的还是思想。譬如一个人，最大的魅力来自哪里？不是身材棒、颜值高而是有智慧。如铁凝的短篇小说《哦，香雪》，故事情节比较简单，形象塑造也很单纯，但寓意很深刻。改革开放之初，一条铁路铺进了深山，连接了外面的世界。火车停站一分钟，让香雪和山里人拥抱了一个新鲜的世界。小说表达了一个开放的主题，有很高的思想性。张洁的《沉重的翅膀》、刘心武的《班主任》等，要表达的不只是观点了，而是思想。现在好多作品，看着挺热闹，思想却很贫乏，这样的作品不可能成为经典。尤其是小说，讲个好故事是最基本的，没好故事不抓人，但这故事只是一个载体，最终是通过故事传达思想。初级写作者经常问，故事跟小说有什么区别，其实除了人物塑造外，另一个重要的区别就是看它有没有思想。

刘江滨：有一次，散文家韩小蕙去医院看望张中行先生，问他文学作品的第一要素是什么。老先生想了想说，思想。我非常赞同老先生这个观点。其实不管何种题材，诗歌也好，散文也好，小说也好，报告文学也好，最重要的就是思想，那是魂，要不然你那作品就没魂。

现在正逢百年未有之大变局，这是一个难得的机会，若真能站在时代之上、潮流之上，能没有思想上的重大发现吗？要有思想，得有认识的高度，还要有哲学思辨能力，这个问题跟第一个问题谈到的读书也有关系。

当下非虚构类文学十分兴盛,大受青睐,成为各种报刊的宠儿。应该说,纪实文学是快速反映现实的轻骑兵,与现实生活、火热的时代关系最直接、最紧密。连一些小说家、散文家、诗人都开始涉足这类作品,蔚为大观。但存在突出的问题,就是就事论事,流于表面,更糟糕的是人物形象模糊,充斥大量数据,类似工作总结,枯燥乏味;缺乏的是对事件成因或时代的研究,缺乏规律性的发现和挖掘;并且距离太近,少了些审视和思考,有温度却无深度,有热度却无厚度。按照张炜的话说,是在潮流之中,而没在潮流之上;在时代之中,而没在时代之上。没有完成超越,就难成经典,一旦时过境迁,意义就大受折损。回望当年的那些优秀报告文学,像徐迟的《哥德巴赫猜想》,不是随波逐流,而是走在了时代的前头,起到了前瞻、引领和召唤的作用。这篇作品发表在《人民文学》1978年第1期上,引发了全社会的轰动,当年3月中旬全国科学大会召开,宣告"科学的春天"来了。这篇作品充满了科学精神、探索勇气、攀登高峰的意志,成为一个时代的号角。这种思想放到现在依然不过时,依然具有强大的力量。这样的作品才能称为经典。经典就是这样,超越时代,永远都有意义。

郝建国:那到底该有什么样的思想呢?比如李白,"仰天大笑出门去,我辈岂是蓬蒿人",好像与时代扞格不入,但仔细揣摩会发现，其实他跟当时的社会思想是合拍的，而且还要跟历朝历代的主流思想合拍。如果不合拍，早就被扫荡了。所以任何作家，都得既在潮流之中，又在潮流之上。你要纯粹在里边也不行，需要沉淀，尘埃落定才能看得更清楚。

我一直特别期盼能有一个写改革开放四十年的鸿篇巨制。1978年到2018年这四十年，中国发生了天翻地覆的变化，从物质到精神，中间也有许多悲欢离合、价值冲突，该写一个能留给后人的东西，像《战争与和平》《红楼梦》那样的传世佳作，记录这个时代，传达这个时代的思想观念。是时候开始着笔了。

再比如，百年一遇的唐山大地震，已经过去四十多年，其实也可以写了。通过这样一个灾难写中国人的价值观，挖掘人性，传达思想。不能光说中国人民顽强不屈，这个太直接了，要通过故事去讲，如果写好了，那是世界级的。

我们再说说器。有的作家在艺术上用力太多，过分炫技，很要命。艺术毕竟是器，器跟道是有区别的。现在好多人，把器当成道了，而且还很得意，这就走偏了。西方的一些小说、诗歌的理论和方法可以借鉴，但不能生吞活剥。我们虽然不能固守中国的就是世界的，但也不能说世界的就是中国的。因为毕竟是中国作家，绝大多数的读者还是在中国，而不是在西方，所以必须植根于中国传统，吸收世界的营养，形成中国特色。就像绘画一样，中国的传统技法是独特的，油画你再画，能画得过人家吗？所以，洋为中用，推陈出新，才是正途。

刘江滨：《易经》讲："形而上者谓之道，形而下者谓之器。"道，即抽象、规律、思想，器，即具象、形式、载体。我们考察一部（篇）作品的优劣就是看其思想性和艺术性的结合。一个有意思的现象是，中国作家对西方文学的借鉴和学习首先是艺术上的，比如卡夫卡的表现主义，卡尔维诺的"寓言式的现实主义"或"现实主义式的寓言"，马尔克斯的魔幻现实主义，等等，如果哪个不受点儿西方大师的影响在艺术表现上有所探索、有所创新，肯定会遭到冷落。当年路遥的《平凡的世界》就被《当代》编辑视为传统的现实主义给"枪毙"了。艺术之所以为艺术，形式非常重要。英国批评家克莱夫·贝尔提出著名的"有意味的形式"理论，使作家对创新的追求有了理论后盾。我们现在讲文体意识，也是鼓励艺术上的探索。一个优秀的作家常常是文体家。所谓流派也是专指艺术风格。

但是，形式是为内容服务的，是为了使内容更好地表达，不能陷入"为艺术而艺术"的泥沼。"买椟还珠"就是典型的本末倒置。当下有的作家声名赫赫，的确很有才气，说才华横溢也不为过，古典的底子深厚，语言表达很娴熟，文采斐然，真是漂亮。但看完后想不起他说的是啥，像夏天的太阳雨湿了湿地皮快速蒸发，啥也没留下。其根本在于没有思想，文章无骨，立不住。作者在那里炫技使才，醉心卖弄，花里胡哨的，就是一堆词，跟芦苇似的，芦花挺好看，但到秋天就干了。

  我们读范仲淹的《岳阳楼记》、刘禹锡的《陋室铭》、王勃的《滕王阁序》，漂亮不？辞章宏富，朗朗上口，艺术高妙，但能成为千古名篇，还是因为其中有深邃的思想，"不以物喜，不以己悲""先天下之忧而忧，后天下之乐而乐""老当益壮，宁移白首之心？穷且益坚，不坠青云之志"。这些闪光的句子不是因为文辞华美，而是因为思想的光芒照亮了世界。

  道与器，互相矛盾，又互相依存。艺术创新难，思想的突破更难。而今我们匮乏的还是思想，这是衡量一部（篇）作品能否传世的根本，只有器没有道的话，你就是个工匠，而不是大师。

（《当代人》2023 年第 3 期）

批评的姿态

郝建国：师兄好，咱们又见面了。我们的文学对话此前已完成了《散文的写作与源流》《作家的门槛》《文学的权衡》三篇，反响都还不错，激励着我们继续谈下去。感谢《当代人》慷慨提供对话平台。今天我想就文学批评的话题深入聊一聊，您是搞文学批评出身的，也一直在写评论文章，我在河北省评论家协会挂着衔儿，以前也作过古典文学的研究，所以就此话题当有的一聊。

刘江滨：文学批评和文学创作一直被称作车之两轮、鸟之双翼，从来就是相伴而生，不可偏废。文学批评不是从文学创作身上抽出来的一根肋骨，更不是附庸，二者是一母所生的同胞兄弟，是齐肩平等的。我们谈了几次文学创作，再来说说批评，也是题中应有之义。

郝建国：咱们是否从批评的源流、形态、现状、姿态四个方面来展开？

刘江滨：甚好。是不是得说明一下，文艺学包括三部分：文学理论、文学史、文学批评，在此我们讨论的"文学批评"

是一个宽泛的概念，也可以和常用的"文学评论"视为同义语。

批评的源流

郝建国：说批评，得从根儿上说起，按术语来讲是批评发生学。按鲁迅所说，一群古人抬木头，最早喊出"杭育杭育"的号子，这就是创作，这些人就是作家。那么倘若有人对这号子的声音高低、长短、节奏等提出点儿看法，以便于改进，从而提高劳动效率，这就是评论，这个人就是批评家。创作和评论是相伴相生的。

正经来说，中国最早的文学专论是曹丕的《典论·论文》，他对建安几个文人的评价有褒有贬，中肯准确，体现了文学批评的初心。而他所谓"盖文章，经国之大业，不朽之盛事"更是影响深远。他把文学价值抬到无与伦比的高度，上承《左传》的"三不朽"（立德、立功、立言），下启宋代的"文以载道"。

刘江滨：曹丕了不起，开创了中国文学批评专论的先河。在他之前的古代著述不少都涉及文论，但皆为只言片语，且不具体。孔子在《论语》里边对《诗经》的评论就很具体了，如："《诗》可以兴，可以观，可以群，可以怨。迩之事父，远之事君，多识于鸟兽草木之名。""《诗》三百，一言以蔽之，曰：思无邪。""不学诗无以言。"《诗经》原本叫《诗》或《诗三百》，经由孔子编订，又因为他的推崇，后来被奉为"经"。由此可见，文学批评的作用至关重要，不光是对一部（篇）作品的具体评价，其中所包含的观点、思想对后世的文学创作都是一种规范和引导。

郝建国：如此说来，说孔子是中国最早的文学评论家，大致不差吧？

刘江滨：这样说应该没毛病。

为了这次对话，我又把刘勰的《文心雕龙》和钟嵘的《诗品》找出来重新翻阅了一遍。这是两部极为重要的文学批评著作。而且我发现，两个人竟然都生活在南朝梁时期，年龄也差不多。

刘勰的《文心雕龙》无疑是最早的古代文学批评专著，体大思精，系统完整，理论性强，涉及文体论、创作论、批评论，堪称伟大。我读其中《练字》篇的时候，有句话对我有所触动，他说："今一字诡异，则群句震惊；三人弗识，则将成字妖矣。"不赞成用生僻字，三个人不认识的字就是字妖。我写散文有时有意用一些生僻字，意欲增加汉字的丰富性，让许多不常用的"死"字变"活"。刘勰这个观点，值得我反思。

《诗品》原叫《诗评》，开创了以诗话形式品评诗歌的方式。钟嵘把一百二十二位诗人分成上中下三品，非常有意思，也非常大胆。这是他一个人的排行榜。

郝建国：《诗品》可以说是"诗话"之祖，清代学者章学诚说："诗话之源，本于钟嵘《诗品》。"宋代欧阳修是最早使用"诗话"一词的人，著名的《六一诗话》原本的名字就叫《诗话》。诗话成为中国历代最主要的一种文论方式，亲切随意，有感而发，所以后世出现了许多诗话作品，有名的如严羽的《沧浪诗话》、袁枚的《随园诗话》等。

刘江滨：诗话是一种随笔式文体，品评、掌故都在其中，读来较为轻松。在中国文学批评史上，一直不乏各种学说、观点，如李贽的"童心说"，王士祯的"神韵说"，沈德潜的"格调说"，袁枚的"性灵说"，翁方纲的"肌理说"，王国维的"境界说"，等等。文学理论从来不是空中楼阁，是建立在具体的文学批评之上的，是对文学现象、创作规律、作品特点的总结和发现。近代梁启超提倡"小说界革命"，提出："小说为文学之最上乘也。"这个说法影响很大，在中国古代，小说被称作稗官野史、街谈巷议、道听途说，没有地位，梁启超把小说抬到了至高的位置。

另外，金圣叹评点《水浒传》，毛宗岗评点《三国演义》，张竹坡评点《金瓶梅》，脂砚斋评点《红楼梦》，还有鲁迅的《中国小说史略》，都在小说批评领域影响深远。

郝建国：西方文学批评对中国现当代文学影响也很大。

刘江滨：是这样。我的文学之路是从文学批评开始的，对此深有体会。20世纪八九十年代，是文学的时代，自然也是文学批评的时代，西方古典美学以及俄国大批评家别车杜（别林斯基、车尔尼雪夫斯基、杜勃罗留波夫）都有点儿过时了，现代西方文论风起云涌，有克罗齐的表现主义、柏格森的直觉主义、克莱·贝尔的形式主义、弗洛伊德的精神分析、荣格的心理学分析、卡西尔和苏珊·朗格的符号论、罗兰·巴特的结构主义等。有人说，西方百年文艺思潮在中国十年就过了一遍。西方现代文论与国内先锋小说是适配的，也就是说，西方现代文论不仅影响了中国文学批评，也影响了中国的小说创作。我曾用结构主义的叙事学理论评析苏童的小说，完全卯榫对应；也曾用苏联形式主义理论家什克洛夫斯基的"陌生化"理论，对散文语言提出变革，兵器也十分合手。

郝建国：对比中西方文学批评，中国人重感性，西方人重理性。所以，我们的诗话、评点多来自直觉印象，西方人在逻辑、概念、抽象思维这方面更胜一筹。从批评的初心来看，中西方也是有差异的。

我做过先秦寓言和伊索寓言的一个比较，发现了一个问题，从创作功能上来讲，中国的寓言是服务，比如"鹬蚌相争，渔翁得利"这个故事其实是用于攻伐，服务于战争；而伊索寓言的出发点是文学，是教育和审美，比如《乌鸦喝水》《龟兔赛跑》《农夫和蛇》等。"审美""美学"这些概念即来自西方。中西方文学观不同，批评也包括在内。

刘江滨：你说得有道理。但西方也不完全就崇尚纯文学，它也讲究文学的社会性。韦勒克、沃伦的《文学理论》把文学研究分为外部研究和内部研究两部分，其中外部研究就讲究文学和社会、文学和思想的关系；而内部研究就是深入文本内部，如象征、隐喻、语言、结构什么的。

反过来说，中国文学的主流是"载道"，但也并不排斥闲逸性灵的文字，像陶渊明、李白、王维的诗歌——"采菊东篱下，悠然见南山""云想衣裳花想容""清泉石上流"一类的也为人喜闻乐见。

批评的形态

郝建国：批评的形态是指批评者的类型吧？

刘江滨：对，批评者的类型，也决定了批评文本的差异。我觉得大体上可分为四种形态：学院派、作家派、媒体派和网络派。

郝建国：那咱们分别讨论。

刘江滨：第一种是学院派，可谓职业批评家，集中在高校和社科院，也有一部分在作协。这是文学批评最主要的一支生力军。他们专事文学研究和文学批评，学养高，专业性、理论性、系统性、知识性强，但也常被人诟病其脱离创作实际，玩弄概念，自说自话。

第二种是作家派。作家利用文学理论和自身的创作经验，发表对他人作品的看法，往往能切中肯綮、说到点上，而且比较感性，文字优美，可读性强。但相较于学院派，学术性、逻辑性稍逊风骚。

当然学院派和作家派之间并没有一条截然分明的鸿沟，有些学者也搞写作，有些作家也到高校当教授，有学者型作家，也有作家型学者。

郝建国：有些杂志的主编，如霍俊明，也主要搞文学批评。

刘江滨：对。第三种是媒体派。报纸杂志还有出版社都算是媒体，也出了不少批评家，如你说的《诗刊》副主编霍俊明，还有《人民文学》主编施战军、《长城》主编李秀龙等，都是有名的批评家。

编辑工作就是要对一篇稿子（书稿）作出优劣的判断和评论，他们心里头是有标准的，许多编辑要写稿签、初审意见，这就是评论。

媒体里除了编辑，还有记者，记者会对新作即时地采访和评论，快速反应。像《中华读书报》的记者舒晋瑜，也是公认的出色批评家。

媒体派更注重与现实紧密结合的社会热点，出版社的卖点其实也是社会热点和经济效益的一个结合。

媒体派，还有一层，是读者批评。他们是报纸"书评"

版的常客。他们是受众的一方,是读者的代表,自发地评论哪本书,是市场的一种反应,也是读者的一种导向。虽然读者评论更接近于读后感,但这有感而发是很可贵的。

郝建国:学院派批评还是代表着顶尖水平吧,批评只有上升到理论层次、学术层次才是高级的。文学批评不只需要对单个作家、单部(篇)作品进行研究评论,还要宏观地放到一个时代的坐标系中考察,对文学潮流、文学态势有一个整体把握。能进入这种高度的作家作品才能进入文学史。作家论、创作论这样的研究不是一般人可以把握的。

前一阵我想给路也写个评论,我把她所有出过的书都要过来了,但现在我一直动不了笔。我不能读一篇写一篇,等我退休有时间了,就写一篇《路也论》。我知道,必须把她所有的作品读完,而且要深入地研究,放到一个宏观的背景里,不能孤立地研究。所以,这比单纯地写一篇书评难度要大得多。

刘江滨:这三种批评可以说分别代表着三个方面的人,学院派——学者,作家派——作者,媒体派——读者。这样划分不见得科学,因为从批评方面说,三种人都是研究者,但又的确代表了不同的站位。

郝建国:我觉得还是挺有道理的,好像一块石头扔到水里,要听听不同的反响,如果只是学院派在那里说好,可能是阳春白雪;如果只是作家派在那里说好,可能是惺惺相惜;如果只是媒体派在那里说好,可能层次不够。如果这部作品三种批评家都追捧，可能才是真正的好作品。

刘江滨：这三种批评形态都属于官方，是"官宣"，还有第四种形态是自媒体批评，可以叫网络派，简称"网评"。网络批评，是"民宣"，或"个宣"，有的是在自家社交账号上发布书评，有的是留言跟评式，比较零散。网评作者经常披着马甲，用的是网名，所以批评的顾忌就少，说好说歹全由内心。许多文章的跟评、留言常有令人意想不到的观点，非常精彩。所以有个说法，叫高手在民间。

但网络派的一个最大问题，是自由过度，不像正经媒体那样经过层层审核把关，而是率性而发，抓其一点，不及其余，常有网暴的现象出现，对作者造成极大的伤害。这样的批评已经超出了学术的范畴，形成人身攻击，是极不可取的。

当然，对网络派批评不能一概否定，应客观看待，正确引导。

批评的现状

郝建国：我以为最突出的一个问题就是批评变成表扬，批评变成鉴赏，以前的评论还是九个手指头加一个手指头，即九分说好，还留一分说缺点，如今差不多都是十全十美了。

刘江滨：没有十全十美的事物，对作品一味赞扬意义不大。我查字典，"批"的第一个意思是"用手掌打"，批颊，即打脸。所以批评本身就带有挑毛病的意思，至少客观评说吧。

郝建国：现在经常看到表扬与自我表扬，而且到了极致。甚至"经典"一词张口就来，使用频率太高了。

是不是经典，需要时间的检验，至少也得五十年吧，五十年以后大家还认可这个东西，大家还在读，这才能叫初步具有了经典的那种最原初的状态。有可能今天公认的经典之作过了些年就被淘汰了。

有的作家特别擅长在创作谈中自我表扬，说我这作品语言如何精美，结构如何巧妙，主题如何深刻，没给评论家留地儿，评论家觉得无话可说，没有解读的空间了。

有人会说，作家自我表扬文学史上有传统啊，比如苏轼有篇《自评文》："吾文如万斛泉源，不择地皆可出。在平地滔滔汩汩，虽一日千里无难。及其与山石曲折，随物赋形，而不可知也。所可知者，常行于所当行，常止于不可不止，如是而已矣。"超级自负。但是，当今有谁敢拍着胸脯说，我就是当代苏轼。除非你有苏轼这才能，否则只能徒留笑柄。

即使评论别人的作品，也要尽量放在一个客观的角度去看，没有一部（篇）作品是完美无缺的，大家都在那儿说没缺点，这肯定是不正常的，怎么可能呢？即使是教科书般的《论语》，它也有那个时代的局限。再比如《红楼梦》，作者披阅十载，增删五次，为什么增删？就是有问题嘛，可即便如此，还有许多地方没删好，存在许多缺陷。苏轼的词，他的弟子批评说是以诗为词，李清照批评说不谐音律。

刘江滨：出现这种情况的原因，一是圈子化，碍于情面；二是社会风气如此，谁也不能免俗。对于熟识的作家，你给人挑毛病，你是在显示自己高明吗？对于不熟识的作家，你批评人家，以后咋见面？现在公开刊发批评文章的报刊稀缺，好像只有天津的《文学自由谈》一直在坚持。我搞文学批评多年，有一次在一家大报发了一篇评论，是正面的，后来又投了一篇批评的，编辑给我退了，说，我们一般不发批评名作家的文章。我的批评文章主要发在《文学自由谈》，其中《〈应物兄〉求疵》一文影响很大，至今还被不少论文援引。虽然我的批评都是从学理出发，力求公正客观严谨，但还是有所顾忌。批评终归需要勇气，是要得罪人的，有多少作家能做到胸怀坦荡、闻过则喜？

所以，批评文章不好写，写了也不好发，这就是文坛的现状。

郝建国：鲁迅说过："批评必须坏处说坏，好处说好，才于作者有益。"大家都知道这是文艺批评应该奉行的基本原则。现在"坏处"都不说，怕人不高兴。所以，现在很少见到批评文章，这是极不正常的。

而不多的批评文章，有的自身也存在一些问题，即鲁迅说的"骂杀"，属于那种谁红我跟谁急，专挑名家毛病。专挑毛病也没问题，但不够客观理性，攻其一点不及其余，层次较浅，学理性不足，难以令人信服，甚至人身攻击，就让人反感了。所以就有人怀疑你批评的出发点是博出位、博出名、博眼球，想当网红，被批评者就有些不屑。这样的批评形不成对等的高层次的学理论争，是令人遗憾的。

刘江滨：其实，相对于表扬、鼓励，批评可能对作家的帮助更大。举我自己的例子。批评家王志新多年前曾在《文艺报》对我的散文予以评述，说实在的，他说了许多好话，我不大记得住，而他指出我的问题使我记忆深刻："由于缺少个体经验，缺少写作者直接的生命体验，所以不易产生共鸣。文化散文如何平衡理论观念和个体经验一直是个命题。"他说出了我的文化散文根本性的缺陷，使我大受教益，所以，我后来的文化散文写作努力到现场去，有在场感，有"我"在，写出个人经验和生命体验。

郝建国：您说到在场感，实际上，评论家也要有在场感。所以我觉得批评存在的另一个问题是批评文章缺乏在场感。我在评协这儿有个体会，两年前我提出一个建议，就是评论家也应该像作家一样深入生活。现在评论家给人一种高高在上的感觉，在象牙塔里闭门造车，指点江山，对现实生活、作家甘苦、创作实际都缺乏深入了解，写出来的评论自说自话，不得要领，不及物，读者看不懂，作者不买账。

刘江滨：你说的这点我觉得特别重要。你如果评论一部反映农村题材的作品，不深入农村，不了解当下的农村生活，怎么评说作品写得好不好、准不准？如果坐在书斋里，只凭印象和以往的经验来评，极有可能出现脱离实际的偏差甚至错谬。批评家不仅应该深入研究作家作品，还应该深入研究生活、熟悉生活。

郝建国：问题是有些批评家连深入研究作品都做不到。尤其是一些研讨会，有的人就是赶场子，没认真读作品坐下来就发言，东拉西扯，说些放之四海而皆准的空话废话，比如你说语言生动，总得举个例子吧。所以不少研讨会的主要功能不是研讨作品得失优劣，而是攒人气、造声势、炒影响。研讨会的规格主要看与会人员的名头，至于说了啥，都是次要的了。

刘江滨：还有，评论缺乏读者，最悲哀的是：谁写谁看，写谁谁看。

郝建国：就俩人看，对不？这是个问题。原因之一，是语言表达太学术了；第二，篇幅太长了，动辄洋洋数千言，读者看不懂，也不耐烦看。谢有顺提倡千字书评，我特别认可。这里涉及评论的初心，你要干吗？我觉得最重要的是推广——推广一部（篇）作品的意义，或者推广一种思潮，或者推广一种写作方向，这样的评论才有价值。

刘江滨：我以为文学批评还存在一个大的问题，就是缺乏创见，流于平庸。20世纪八九十年代，是文学批评的黄金时期，西方文学理论大量引进，与文学创作真是比翼齐飞，引导文学浪潮迭起,流派丛生,伤痕文学、朦胧诗、寻根文学、先锋文学、新写实、现实主义冲击波等,都是文学批评界总结出来的。文学批评就是旗帜。后来,随着文学失却轰动效应,这么多年,文学批评也陷入沉寂的状态,更加圈子化,新理论、新观点、新潮流以及对文学创作的作用都在弱化。文学批评源于创作,又高于创作,应该对创作起到一个发现、总结、引领的作用。

批评的姿态

郝建国：这就可以说说当下的文学批评该有什么样的姿态了。

刘江滨：我认为应该有三点,第一是独立品格,第二是民主平等,第三是客观理性。

独立品格,就是说批评不能成为创作的附庸,它和创作是文学的两只翅膀,而不是一只翅膀上的羽毛。

郝建国：对,其实在国外有独立书评人,不需要出版社供书,想评哪本书,自己选择自己买,不受制于谁。独立,这两个字很重要,独立才能客观,不独立你肯定就受制于各种因素,或人情,或商业,或评奖,等等。人家想评奖,请你写评论,你怎么给人挑毛病?

刘江滨：独立品格还体现在不仅是就作品说作品,而且是把这部（篇）作品当成一个载体，借此发表对世界的看法，像王国维说的，能入乎其内，又能出乎其外，批评也是一种创作。这是批评能达到的一个高级境界。不是完全拘囿于作品本身，应该跳出来，要站得更高，看得更远，谈得更透，说得更深。如果说创作来源于生活又高于生活，那么，批评就是来源于作家作品又高于作家作品。评论家就应该是这个样子，不能匍匐在作家脚下。这不是理想的姿态，而是应有的姿态。

郝建国：所谓民主平等，就是说批评对作家不要仰望膜拜，也不要居高临下，是吧？

刘江滨：是这样，作家和评论家是平等的，评论应该是一种民主的商量式的。不管是大作家和小批评家，还是大批评家和小作家，从文学关系上必须是平等的，因为平等才能客观。如果是仰望膜拜，必然是溢美赞叹；如果是居高临下，必然是贬抑不屑，都不是正常正确的姿态。钱锺书对学问的定义，就是荒江野老屋中二三素心人商量培养之事，"商量培养"这话说得多好。

郝建国：是这样，我们出版社跟作者沟通编辑出版情况，会提出一些修改意见，这个沟通过程其实也属于一种文学批评，长处和不足都会说一说，我们会以商量的方式，而不是强迫命令的方式。给作者出书，是互相成就，而不是出版社对作者的恩赐。

刘江滨：还有一个是理性客观，也叫学术理性。我觉得文学批评的学术性还是最关键的，这是最高层次。你的研究要靠得住，有较高的理论修养。只是直观感受式的，是浅层次的，没有学术性肯定不行。从对具体作品分析评论中抽绎出一个观点或理论，这个观点或理论就是文章的核心或者灵魂，也就从评论上升到了理论层次。一部（篇）作品哪里好哪里坏指出来了，你还要给它概括一个东西、总结一个东西、升华一个东西，这才是点睛之笔。评论，评论，不能光有评没有论，有评有论，才是饱满完整的评论。由具体到一般，由具象到抽象，这是评论的一个逻辑发展过程。

郝建国：所以，搞文学批评真的是一件很难的事情。比如像白庆国这样的农民可以当作家，当评论家就太难了。河北省作家协会会员有几千人，评论家协会会员却只有四百多人，就很能说明问题。写篇三千字的散文可能一天时间就够了，而写一篇三千字的评论则大概需要一周时间。既要细读文本研究作品，又要借助合手的兵器（理论），还要说得准、谈得透，谈何容易。

咱们今天给文学批评挑了不少毛病。给作品挑毛病是题中应有之义，给批评挑毛病亦如此。我呼吁文学界和社会，给予文学批评以应有的重视，希望批评事业有更长足的发展进步，以不负这个火热的时代。

(《当代人》2024 年第 9 期)